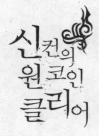

신컨의
원 코인
클리어

KB123687

신컨의 원 코인 클리어 11 완결

2023년 11월 15일 초판 1쇄 인쇄
2023년 11월 20일 초판 1쇄 발행

지은이 아케레스
발행인 강준규

기획 이기헌 왕소현 임동관 박경무 강민구 조익현
책임편집 오영란
마케팅지원 이원선

발행처 (주)로크미디어
출판등록 2003년 3월 24일
주소 서울시 마포구 마포대로 45 일진빌딩 6층
Tel (02)3273-5135 Fax (02)3273-5134
홈페이지 rokmedia.com E-mail rokmedia@empas.com

© 아케레스, 2023

값 9,000원

ISBN 979-11-408-0747-5 (11권)
ISBN 979-11-408-0729-1 04810 (세트)

이 책의 모든 내용에 대한 편집권은 저자와의 계약에 의해
(주)로크미디어에 있으므로 무단 복제, 수정, 배포 행위를 금합니다.

작가와의 협의에 의해 인지는 생략합니다.
잘못된 책은 구입처에서 바꾸어 드립니다.

신 킨의
원 코인
클리어

아케레스 퓨전 판타지 장편소설

완결

Contents

첫 실패

통합 쉼터.

스테이지와 연결된 게이트 앞.

딱.

별림이 또 한 번 손톱을 깨물었다.

"그만 좀 깨물어라."

윤택이 핀잔을 줬지만, 별림은 입술을 삐죽였다.

통합 쉼터에서 태양의 상황을 아는 건 어려운 일이 아니었다.

통합 쉼터에는 태양과 메시아 말고도 방송을 켠 채 차원 미궁으로 넘어왔던 플레이어들이 있었기 때문이다.

처음에는 분위기가 나쁘지 않았다.

피 튀기는 번개와 오크 진영 플레이어들의 죽음, 그리고 카인의 의식불명은 안타까운 일이기는 했다.

하지만 방송을 통해 정보를 전달받는 주체는 지구인들이다.

가장 중요한 건 태양과 메시아.

그들이 죽거나 다치는 게 아니면 지구인들은 마음을 추스르고 응원할 수 있었다.

그랬다.

메시아의 죽음을 기점으로 통합 쉼터의 분위기는 완전히 가라앉아 버렸다.

태양이 단탈리안에 맞서 기어코 바알의 신성을 탈취한 건 분명 긍정적인 일이었으나, 별림은 물론이고 다른 사람들도 기뻐하지 못했다.

별림은 그 시점에서 다른 플레이어들에게 상황을 전달받기보다 오빠가 돌아오는 걸 눈으로 직접 확인하는 편을 선택했다.

게이트 앞에서 죽치고 기다리기로 한 거다.

그리고 스테이지와 이어진 게이트에 불이 들어왔다.

6시간 전의 일이었다.

의식을 잃은 카인과 그를 들쳐 업은 살로몬이 돌아왔다.

유리 막시모프는 메시아의 시체를 들고 왔다.

패잔병과 같은 몰골.

순식간에 많은 플레이어가 모여들었지만, 그들은 태양이 오면 다시 이야기하자며 인파를 헤치고 여관으로 들어갔다.

태양과 란은 단탈리안의 추격을 뿌리치기 위해 더 높은 층으로 올라갔다는 모양이었다.

"궁금하지 않아? 태양이 형이 잘하고 있는지?"

"궁금하면 들어가세요. 안 말려요."

"나도 그러고 싶다."

윤택이 한숨을 내쉬었다.

기실 그가 이러고 있는 건 태양의 명령 때문이었다.

'쉼터도 안전한 거 아니거든? 나 일하고 있는 동안 네가 좀 붙어 있어.'

'예?'

'방송 통해서 확인할 거야. 떨어져 있는 거 확인되면 10초당 열 대다.'

물론 태양과 달리 평범한 플레이어인 윤택은 맞는다고 아프거나 한 건 아니지만, 이제 마왕과 같은 반열에 올라간 태양의 심기를 거스르는 건 윤택에게 쉽지 않은 일이었다.

그런 윤택을 보며 별림이 어깨를 으쓱였다.

"듣는 게 힘들어서 그래요. 이해 좀 해 주세요. 상황이 어려워진다는 소식 들으면 견디기 너무 힘드니까."

별림은 기다리는 것보다 다가가는 일에 익숙한 사람이었다.

어렸을 때부터 그렇게 배웠다.

가지고 싶은 게 있으면 가지려고 노력해야 얻을 수 있었다.

말로만 칭얼거리는 게 아니라, 일하고 상대방을 설득하는 그런 실천하는 종류의 노력.

어렸을 적 태양과 별림이 겪은 가족 단위의 불운이 그녀를 그렇게 만들었다.

'아마 오빠도 같겠지.'

같으니까 기다리지 않고 자신을 구하러 단탈리안에 접속한 거다.

여하간, 별림은 이 순간이 굉장히 견디기 어려웠다.

메시아의 말을 듣고 쉼터에서 기다리기로 결정했지만, 태양이 힘들다는 소식이 들려오면 자꾸만 게이트를 타고 오빠를 도우러 가고 싶은 마음이 고개를 쳐들었다.

그녀가 도움이 안 된다는 사실을 객관적으로 알아도, 마음은 사람이 자유자재로 컨트롤할 수 있는 영역이 아니다.

"에휴. 그래. 기다리자, 기다려."

설득을 포기한 윤택이 별림 옆에 같이 주저앉았다.

그리고.

벌떡.

별림이 자리에서 일어났다.

게이트 주변에서 기다리던 다른 플레이어들 역시.

우우웅.

게이트에 불이 들어왔다.

"어? 오시는 건가?"

"전투 준비!"

3대 S등급 클랜.

신컨의
원코인
클리어

천문과 강철 늑대, 아그리파 기사단이 게이트 앞에서 전투 대형을 펼쳤다.

　살로몬과 유리 막시모프가 돌아왔을 때도 같았다.

　혹시라도 게이트를 통해 플레이어가 아닌 마왕이 들어왔을 때를 대비한 것이다.

　물론 마왕은 게이트를 통하지 않고도 쉼터에 들어온 사례가 있었지만, 그래도 대비하는 게 하지 않는 것보다는 낫다.

　그리고 란과 피투성이의 태양이 나타났다.

　"오빠!

　별림의 말은 태양에게 닿지 않았다.

　태양의 상태를 확인한 플레이어들도 동시에 제각각 걱정을 토해 냈기 때문이다.

　칠공에서 터져 나온 피.

　전투 과정에서 신체 곳곳에 입은 상처.

　태양의 몸 상태는 얼핏 보기에도 처참했다.

　태양은 그들의 접근을 거부했다.

　은은하기 뻗어 나오는 기파에 플레이어들이 물결처럼 갈라졌다.

　"오빠……."

　태양의 시선이 잠시간 별림에게 닿았다.

　아쉬움, 자책, 후회.

　눈동자에서 갖가지 감정이 일렁였다.

태양은 뭐라 입을 오물거리다가, 이내 별림을 지나 인파 사이로 들어갔다.

※

"빌어먹을!"

콰아앙!

분명 '불괴' 시스템이 적용되어 있을 통합 쉼터 여관의 벽이 산산이 조각났다.

아쉽다.

아쉬운 걸 넘어서 분통이 터진다.

"이렇게 넘어갔으면 안 됐어."

쿵, 쿵.

무너진 벽의 뾰족한 부분에 대고 머리를 찍었다.

날카로운 단면이 피부를 찢고, 붉은 피가 태양의 이마를 타고 흘렀다.

알싸한 통증.

스스로를 괴롭히지 않으면 견딜 수 없을 것 같았다.

"젠장, 젠장, 젠장!"

후퇴하는 판단은 분명 옳았다.

만약 태양이 단탈리안을 죽이는 거로 모든 문제가 해결될 수 있었다면 태양 역시 단탈리안과 목숨을 맞바꾸는 선택을 했을

지도 모른다.

하지만 그렇지 않다.

란과 태양.

무너져 가는 차원 미궁에서 살아남기 위해서 플레이어들은 두 초월자가 절대적으로 필요했다.

단탈리안이 그렇게 여유로웠던 이유 역시, 태양이 공멸보다 생존을 선택할 거란 절대적인 확신이 있었기 때문이다.

태양이 다시금 벽에 주먹을 휘둘렀다.

콰아앙!

'그건 변명이 안 돼.'

메시아가 자신의 목숨을 던져서 만든 기회다.

그는 자신의 희생을 끝으로 차원 미궁에서 일어날 희생을 끝내려 했다.

그리고 태양은 끝내지 못했다.

메시아가 제 목숨을 태워 가며 넘긴 바통을 결승선까지 가져가지 못하고 놓쳤다.

－자책하지 마셈... 최선을 다했잖음...

－그거보다 더 잘할 수 없었지 솔직히.

－솔직히 공진 대마법 떴을 때 윤태양이 안 들어갔으면 그림 달라졌는데. 냉정히 보면 실수한 건 맞지.

－뭐라는 거임; 윤태양이 안 들어갔으면 단탈리안은 쌩까고

도망치면 끝인데.

　-개멍청하네. 단탈리안 빠지고 바르바토스랑 윤태양만 남
으면 당연히 바르바토스 쪽에서 윤태양한테 시선 돌리지.

　-? 단탈리안이 윤태양 쫓아온 이유가 애초에 바르바토스한
테 바알 신성 안 넘기려고 그런 거 아니냐? 단탈리안이 그거
보고 있었을 거라고 생각함?

　-ㅇㅈ. 각 재면서 바르바토스랑 같이 단탈리안 살살 압박했
으면 잡을 수도 있었다고 봄.

　-ㅋㅋㅋㅋ 말로는 뭘 못하나. 진짜 집구석에 짱박혀서 스크
린으로 보고 있으니까 이게 게임 같냐?

　-게임이고 스포츠고 전쟁이고, 윤태양이 더 잘할 수 있었다
는 이야기임.

　-사람이 어떻게 저것보다 잘하냐고. 네가 윤태양 자리에 갔
으면 저거보다 더 잘할 수 있음?

　-ㅇㅇ 윤태양 스펙에 윤태양 기량 가지고 내가 서 있었으면
단탈리안 잡음.

　-진짜 개 역겹네.

['킹피는4연초진부터' 님이 100,000원을 후원하셨습니다!]

['그만']

　태양이 손짓으로 채팅 창을 지웠다.

　그리고 손바닥으로 제 뺨을 짜악- 때렸다.

저들의 말이 맞았다.

태양은 부족했다.

더 잘할 수 있었다.

상황을 더 현명하게 수도 있었다.

그건 부정할 수 없는 사실이다.

그리고 그 과거를 후회해도 바뀌는 건 없다는 현실 역시, 부정할 수 없는 사실이다.

"맞아. 내가 잘못했어."

짜악.

다시 한번 뺨이 발갛게 달아오른다.

태양이 감은 눈을 번쩍 떴다.

그에 박살 난 잔해들이 덜덜 진동했다.

이미 의지와 마나가 동시에 움직이는 경지에 다다른 탓이다.

태양의 동공에 강인한 의지가 일렁였다.

"앞으로 잘하면 돼. 그거면 돼."

모든 건 결과가 증명한다.

그리고 태양은 아직 도전할 수 있었다.

한 번의 성공만 있으면 된다.

백 번 실패해도 상관없다.

천 번 실패해도 상관없다.

만 번을 넘겨도, 상관없다.

'성공해서 메시아의 희생을 헛되지 않게 만들기만 하면, 상

관없어.'

태양이 멘탈을 추스르는 사이, 푸른 바람이 여관에 스며들었다.

폭풍의 정령 군주, 아라실이다.

-바르바토스를 만났더군.

"……어. 만났지. 네가 역소환당해 있는 동안."

-…….

잠시간의 정적.

먼저 입을 연 건 태양이었다.

"약속은 잊지 않았어."

약속.

아라실이 태양과 계약한 이유.

그의 목표는 크게 두 가지였다.

첫 번째. 고향 차원의 재건.

두 번째. 첫 번째 조건의 이행이 불가능할 경우, 그의 고향 차원 유프라테스를 침략한 마왕 바르바토스의 죽음.

"바르바토스를 죽이지 않은 게 아니야. 죽이지 못한 거지."

후우웅.

거칠게 휘도는 바람이 아라실의 심경을 대변한다.

-그래. 내가 할 말은 없지.

바르바토스가 등장할 당시 아라실은 무엇을 하고 있었던가.

단탈리안과의 추격전 과정에서 역소환을 당해 면전을 확인하지도 못했다.

"아라실, 걱정하지 않아도 돼."

—······*걱정하지 않는다.*

"네가 마왕들을 싫어하는 것만큼, 나도 마왕들을 싫어해."

당연하다.

마왕은 아라실과 태양의 가장 소중한 것을 앗아가기 위해 다가왔다.

차이점이라면 아라실을 빼앗겼고, 태양은 아직 손에 그러쥐고 있다는 것 뿐.

잃은 건 아라실이 더 많지만 어쩌면 그 간절함에선 태양이 더 앞선다.

태양이 눈을 번뜩였다.

바르바토스도.

단탈리안도.

모두 죽인다.

죽여서, 다시는 지구를 넘보지 못하게 만들 거다.

그리고 그를 위해서는 준비가 필요했다.

태양이 여관을 나섰다.

❀

태양이 향한 곳은 유리 막시모프의 클랜 하우스였다.

란과 살로몬, 유리 막시모프.

그리고 이제는 의식을 되찾은 카인까지.

모두가 이미 와서 태양을 기다리고 있었다.

"왔나."

"어."

"늦었군."

살로몬의 말에 태양이 고개를 끄덕이며 대충 의자를 꺼내 앉았다.

덜컥.

분위기는 아무리 긍정적으로 표현해도 좋다고는 할 수 없었다.

그럴 수밖에.

태양, 란, 살로몬, 메시아.

파티가 4인 체제로 굳어지고 나서는 '언제나' 성공해 왔던 태양 일행이다.

심지어 그냥 성공이 아니라 얻어 낼 수 있는 성취는 거의 항상 최대로 뽑아내는 그런 성공을 되풀이해 왔다.

그런데 지금은 어떠한가.

바알의 신성을 탈취해 냈다고는 하나, 단탈리안을 죽이지 못했고 심지어 메시아마저 죽었다.

명백히 실패다.

누구 하나 먼저 입을 떼지 못하는 시점.

유리 막시모프의 클랜 하우스에 비치된 연결 게이트에서 불이 뿜어져 나왔다.

"분위기가 좋지 않네요."

깡마른 체형.

허리까지 내려오는 붉은 머리칼.

제56계위 마왕, 그레모리였다.

일행들은 놀라지 않고 그녀를 바라봤다.

애초에 그들이 성공적으로 통합 쉼터에 돌아올 수 있었던 이유는 그레모리의 조력이 있었기 때문이다.

그레모리가 태양을 직시했다.

"몸은 괜찮으신가요?"

부상과 관련된 이야기가 아니다.

태양이 억지로 몸에 박아 넣은 바알의 신성을 지칭했다.

"솔직히 애매해."

바알의 신성.

호기롭게 제 영혼에 박아 넣었건만, 융화는 아직 해내지 못했다.

단적으로 말해서 현재 태양의 상태는 제 몸뚱이만 한 먹잇감을 통째로 삼킨 뱀과 같았다.

뱀은 앉은 자리에서 하루고 이틀이고 꼼짝하지 않고 먹잇감을 소화하는 시간을 가진다.

태양 역시 그런 시간이 필요해 보였다.

가볍게 고개를 끄덕인 그레모리가 말을 이었다.

"일단 통합 쉼터를 숨기는 데에는 성공했어요. 15개의 차원을 겹쳐 놓았으니 바르바토스 수준의 추적자라도 단시간에 누군가 들어오지는 못할 거예요. 15개 차원을 통째로 공략하지 않는 이상은요."

통합 쉼터는 본래 24개의 차원과 연결된 차원이었다.

그레모리는 그중 15개 차원의 연결점을 합선시켜 동시에 열어야만 통합 쉼터에 들어갈 수 있게 만들었다.

15개 차원에서의 동시 접속.

초월자는 그 숫자가 적을 수밖에 없음을 이용한 대처법이었다.

"안전할 것 같네요."

"딱히 긍정적인 상황은 아니에요. 차원 미궁 자체가 얼마 안 가 무너질 거니까."

"네?"

"들은 그대로예요."

차원 미궁을 유지, 보수하던 건 결국 72명의 마왕이었다.

이번 전쟁을 통해 일인자 바알을 비롯해 많은 마왕이 죽거나 다쳤다.

차원 미궁은 거대 차원의 침략 발판으로써 72 마왕을 한데 묶어 주던 구심점이다.

구심점이 망가졌으니 마왕들은 각자 떠나고, 억지로 이어 붙

인 72개의 차원은 자연스럽게 떨어져 나가는 게 자연스러운 수
순이었다.

"으음……."

좋지 않다.

이 순간 태양에게 가장 필요한 게 바로 시간이었다.

바알의 신성을 소화할 시간.

살로몬이 의자 뒤로 어깨를 젖히며 말했다.

"시간에 못 맞추면 포기해야지."

태양도 고개를 끄덕였다.

바알의 신성을 온전히 융화시킬 수 있다면 좋겠지만, 거기에
집착하느라 돌아갈 방법을 잃어버린다면 본말 전도다.

72개의 차원이 쪼개지고 마왕이 모두 떠나 버리면 권능의 수
급처는 사실상 없어진다.

이는 다른 말로 이야기하자면 지구로의 귀환이 사실상 불가
능해진다는 이야기랑 같았다.

란이 명한 표정으로 중얼거렸다.

"단탈리안이 그냥 보내 준 이유가 있었네."

애초에 권능을 찾기 위해 다시 기어 나가야만 한다.

"지구로 돌아갈 거라면 그 전에 방법을 찾아야 한다는 이야
기네."

"네."

"젠장. 바알의 권능이 공간 관련 권능이었다면 좋았을 텐데."

사건의 지평선, 폭발적 팽창.

그리고 무쌍.

안타깝게도 바알의 신성에 담긴 3개의 권능 역시 공간에 관련된 권능은 아니었다.

"엄밀히 말하자면 공간과 관련은 있는데……. 이동과는 관련이 없단 말이지. 젠장."

"……방법은 있어요."

태양이 눈을 번쩍 뜨고 물었다.

"지구로 돌아갈 다른 방법이 있어?"

그레모리가 선선히 고개를 끄덕였다.

"진작 이야기해 줬어야지!"

"진정해요. 지구인으로만 한정하자면요."

그레모리가 깡마른 손을 들어 태양을 진정시켰다.

"그게 무슨 소리야?"

"일단, 대규모 공간 이동 권능은 찾기 어려워요."

"역시 그런가?"

"아무리 초월자라 해도 차원 이동은 혼자 하니까요."

몇 백, 몇 천 명 단위 돌아갈 방법은 극히 희귀하다.

하지만 아예 없는 건 아니다.

"돌아가는 방법은 있어요."

그레모리가 잠시 입술을 앙다물었다.

그리고.

"뭘 그리 주저하나. 그레모리."

게이트 너머.

낯선 목소리가 반대편에서 울렸다.

"분명 침입자는 없다고."

"확인했어요. 아무리 마왕이라도……. 열다섯의 마왕이 힘을 합쳤다고? 이 짧은 시간?"

드드드드.

스르릉.

카인이 검을 뽑고, 유리 막시모프가 기민하게 자리를 잡는다.

살로몬이 급하게 담배를 꺼내 물고, 란이 부채를 펴 들었다.

태양 역시, 자리에서 일어났다.

쿠웅.

등장만으로 공간이 통째로 울렸다.

상대방을 압박하기 위해 마나로 억누른 게 아니다.

그저, 압도적인 질량의 마나가 대기마저 짓누르고 있었다.

태양의 동공이 확장되었다.

"이 마나는……."

"익숙하겠지. 익숙할 수밖에. 그렇게 빌려 쓰고 있잖나."

굵직한 목소리가 나지막이 웃었다.

차원 단위에서 분류된 최상위 포식자.

태생부터 초월에 가장 가까운, 그래서 오히려 초월하는 존재가 잘 나오지 않는 종족, 용.

"오랜만이군, 윤태양."

용 중의 왕, 발락이 나타났다.

***

차원 미궁 71층.

소년의 모습을 한 단탈리안이 비틀거리며 형체를 알아볼 수
없는 건물 잔해 사이를 걸었다.

터벅터벅-.

걸음걸이에 힘이 없다.

발치에 걸린 돌이 자꾸만 단탈리안의 신경을 자극했다.

몸이 아픈 만큼 정신까지 예민해진 탓이다.

'이렇게까지 몰린 게 몇 년 만인지 모르겠군.'

차원을 억지로 뚫고 들어가며 입은 반동.

바알, 태양과의 연전에서 당한 부상.

이미 그것만으로도 신체에 충분히 무리가 갔는데 상황은 거
기서 그치지 않았다.

바르바토스의 기습적인 대궁에 정통으로 당하고, 태양과 결
투를 치렀다.

거기에 마지막까지 이어진 바르바토스와의 추격전까지.

단탈리안의 현 몸 상태는 바알이 벌였던 첫 번째 서열 정리
이후 단연코 최악이었다.

신권의
원코인
클리어

쿨럭-.

가벼운 기침이 폐부를 조이고, 당연하다는 듯이 피거품이 입안에 흘러나왔다.

파라라라락.

단탈리안의 어깨 위에서 부유하는 페이지가 몇 번이고 넘어가며 마법을 발했다.

'당장 상태를 호전시키는 것 정도야 오래 걸리지는 않을 것 같은데…… 바르바토스, 지독한 마왕 같으니.'

당장 육체를 회복하는 게 중요한 게 아니었다.

바르바토스의 독은 단순히 육체를 좀먹는 독이 아니었다.

'……신성을 타게팅했군.'

파괴, 죽음을 목표로 한 독이 아니다.

추적.

거기에 더해 용독술이 얼마나 교묘했던지 마법적 조예라면 어디 가서 빠지지 않는 단탈리안도 해결 방법을 쉬이 찾을 수가 없었다.

투둑.

상념에 젖어 걷던 단탈리안이 걸음을 멈췄다.

그가 도착한 곳은 처음, 안드라스와 제파르, 발람과 함께 대계를 시작했던 곳.

판테온의 중앙이었다.

정장을 입은 채 앉아 있는 해골, 바싸고가 단탈리안을 바라봤다.

"왔군."

"한 발자국도 움직이지 않았군요."

화르륵, 해골의 눈두덩이에서 귀화가 타올랐다.

"다시 올 줄 알았으니까."

단탈리안이 피식 웃었다.

"당신의 그런 반응을 볼 때마다 영 기분이 좋지는 않습니다."

"스스로와 닮은 생명체를 보면 그런 감정을 느끼는 법이지."

"제가 당신과 닮았습니까?"

"음습하고 비열한 건 내가 감히 쫓아가지 못하지만…… 솔직히 우리는 닮았지. 부정하나?"

"도움을 좀 받고 싶습니다."

단탈리안이 거두를 절미했다.

해골이 이를 딱딱거리며 웃었다.

"그래. 그러게 왜 그렇게 무례한 짓을 했어. 후회할 거라고 했잖나."

"사과드리겠습니다."

"말로만?"

"무엇이 필요하십니까?"

"그건 자네가 정할 문제지."

가타부타는 없다.

단탈리안은 호쾌하게 대답했다.

신전의
원코인
클리어

"바알의 신성. 둘로 나누시죠."

"오호."

파격적인 제안이다.

동시에 그와 뜻을 같이했던 다른 마왕들이 용납하지 않을 제안이기도 했다.

"감당할 수 있나?"

"이런. 그동안 보여 드린 거로는 충분하지 않았습니까?"

단탈리안이 말을 이었다.

"물론 바알의 신성을 쪼개 가졌다는 사실이 밝혀지면 당신도 꽤나 귀찮아지실 겁니다. 잘 숨기기만 하시죠. 제가 혼자 먹은 거로 할 테니까."

"그게 아닐세."

달그락.

흰색 손가락 마디가 먼지 쌓인 협탁을 두들겼다.

"이건 당신의 방식이 아니잖나."

급하다. 평소의 단탈리안답지 않다.

호흡이나 표정, 신체 변화는 없었지만, 바싸고는 그렇게 판단했다.

오히려 단탈리안과 같은 남자를 상대할 때는 그런 정보를 아예 배제하는 게 더 올바른 판단을 내리는 데 도움이 된다.

"계략으로 차근차근 이겨 놓고 마지막에 수확. 변수는 최대한 줄이고 일어나더라도 예측 가능한 범위로 조율. 시간을 들이는 만큼 확고한 승률을 챙겨 놓고 움직이는 게 자네의 방식일 텐데."

본래 단탈리안이었다면 죽은 듯이 모습을 감추고 모두가 일을 잊었을 때, 혹은 상대가 약점을 드러냈을 때를 놓치지 않고 달려들었을 터다.

"이런. 지금 저를 걱정해 주시는 겁니까?"

"자네가 실패하면 바알의 신성이고 뭐고 없잖나. 자네를 도와줄 수는 있네만, 멍청하게 헛수고를 하는 건 질색이라서."

그마저도 단탈리안과 닮았다.

단탈리안이 고개를 절레절레 내저으며 대답했다.

"지금까지와 다르지 않을 겁니다."

"다르지. 일단 나에게 도움을 구하는 것부터."

단탈리안은 입을 다물었다.

하나 앉아서 차원 너머를 본다는 바싸고다.

달그락.

뼈 손가락이 탁자를 두들겼다.

"시간에 쫓기는 모양이군?"

"……"

"바알의 신성을 윤태양이 가져갔군. 몰골을 보아하니 융화를 시작했고……. 그래도 이렇게 급하게 움직일 필요는 없을 텐데. 윤태양의 가능성을 크게 잡는 모양이지?"

"당신이 도와주지 않아도 방법은 있습니다. 도와줄 생각이 없다면……."

"방법이 많은데 신성의 절반을 제안해?"

다시 다물리는 입.

바싸고가 이를 딱딱거리며 웃었다.

"내가 뭘 해 주면 되겠나?"

주도권은 명백히 바싸고에게 있다.

단탈리안에게는 익숙하지 않은 구도였다.

"……그레모리가 통합 쉼터 차원 좌표를 가지고 장난을 쳐 놨더군요. 거기만 뚫어 주시면 됩니다."

하나 단탈리안은 자신이 있었다.

태양의 무력과 상관없다.

심지어 바알의 신성을 융화하는 데 성공했어도 상관없다.

윤별림.

일반적으로 초월과 동시에 현세와의 연 대부분을 끊어 내는 초월자에게서 발견하기 어려운, 말이 안 되는 수준의 약점이다.

단탈리안이 바알의 숨통을 끊을 비수로 윤태양을 낙점한 이유 중 하나이기도 했다.

윤별림을 확보하는 데 성공하면 윤태양은 완벽하게 융화에 성공한 신성이라도 떼어 낼 수밖에 없다.

"통합 쉼터의 차원 좌표를 뚫어 달라……. 자네도 참 너무하는군."

"무슨 말입니까."

"윤태양이 도서관 전지를 부수지 않았나. 자네가 명령한 거 아닌가?"

차원 미궁의 모든 데이터는 도서관 전지에 저장되어 있었다.

"데이터베이스를 부숴 놓고 정보를 요구하다니, 그렇게 말할 거였다면 애초에 전지를 부수지 말았어야지."

"……."

단탈리안이 눈썹을 들썩였다.

위치를 특정하지 못한다?

아니다.

못하는 게 아니라 안 하는 거다.

지금 바싸고는 더한 보상을 내놓으라고 시위하고 있었다.

"……원하는 게 뭡니까?"

"윤태양의 신성."

단탈리안이 남몰래 입맛을 다셨다.

솔직히 가치 있는 신성이라고 볼 수는 없다.

쌓인 연식 자체가 다른 마왕에 비해 현격하게 떨어지니.

하나 윤태양이 보여 준 가능성을 생각하면…… 아쉬운 게 사실이다.

"드리죠."

"계약은 빠를수록 좋겠지."

"동의합니다."

쿠웅.

신전의
원코어
클리어

반파된 판테온의 바닥에서 돌가루가 솟아올랐다.

다면체의 마법진이 단탈리안과 바싸고를 휘감았다.

수십 차원의 마법 문자 수십 종을 총망라한 마법진.

복잡하기 짝이 없지만, 실상 안에 담고 있는 내용은 간단했다.

단탈리안이 입을 열었다.

"조건. 윤태양이 나타날 위치 제공. 그리고 안내."

이에 바싸고가 화답했다.

"대가. 바알의 신성 절반. 그리고 윤태양의 신성. 윤태양이 바알의 신성을 온전히 소화하는 데 성공했다면 윤태양의 신성 4분의 3."

"아뇨. 절반입니다."

"이런. 계산이 틀리잖나. 바알의 신성 절반은 내 소유고, 윤태양의 신성 역시 내 소유니 만약 그 둘이 융화되었다면 응당 내가 4분의 3을 가져가는 게 맞지."

"그렇다면 제 지분 4분의 1을 임의로 잘라 가도 되겠습니까?"

"그건 안 될 말이지."

두 마왕의 말에 대응해 마법진이 실시간으로 뒤틀렸다.

단순한 말싸움처럼 보이지만, 작금 단탈리안과 바싸고가 펼치는 설전은 마법적 계약의 사례를 판례 삼아 펼치는 작은 전쟁이었다.

두 마왕이 동시에 펼친 '계약의 마법진'은 '객관'의 속성을 가졌다.

　단탈리안과 바싸고가 서로 자신의 입장을 들이밀면 계약의 마법진은 제3의 관점에서 조건을 검토하고 의견을 수렴했다.

　과거 '계약의 마법진'을 통해 계약 과정을 조율한 수많은 초월자의 사례를 반추하고 종합하여 가장 합리적인 해결책을 내놓는 것이다.

　"……자네는 시간에 쫓기고 있고, 지금 당장 나를 제외하면 도움을 청할 구석이 많지 않지. 인지하고 발언했으면 좋겠군."

　"제게 선택지가 없다고 생각하십니까? 쉽지 않지만 못할 것도 없습니다. 아가레스가 건재하고, 고개를 숙이면 바르바토스의 도움도 구할 수 있습니다."

　거짓 섞인 발언.

　합리적인 발언.

　계약의 마법진의 판단 기준을 흔드는 발언.

　설전은 짧지 않은 시간 동안 이루어졌고, '계약의 마법진'은 결과를 내놓았다.

　-조건. 윤태양이 나타날 위치 제공. 그리고 안내.

　-대가. 바알의 신성 절반. 그리고 윤태양의 신성. 윤태양이 바알의 신성을 온전히 소화하는 데 성공했다면 윤태양의 신성 절반.

단탈리안의 입가가 호선을 그리는 동시에 바싸고의 귀화가 화르륵 타올랐다.

계약의 마법진이 내놓은 결과는 처음 둘이 뱉은 단어와 거의 다르지 않았다.

다른 곳은 딱 한 가지.

단탈리안이 태클을 걸었던 부분이었다.

윤태양의 신성 절반.

"……내가 졌군."

단탈리안이 어깨를 으쓱였다.

투둑.

바싸고가 가볍게 테이블을 두드리자 둘을 휘감은 계약의 마법진이 모습을 감췄다.

"쉽지 않을 걸세. 이미 뒤집힌 판이지만 두어 번은 더 흔들릴 거야. 밑에서 준동하는 세력. 자네도 알고 있지?"

"변수는 제 쪽에서 바라는 바입니다."

달그락.

해골이 웃었다.

태양이 이를 드러냈다.

"발락……!"

"아아, 진정하라고."

발락이 귀찮다는 듯 손을 내저었다.

"싸우러 온 건 아니다."

"뭐?"

발락이 그레모리를 바라보며 말을 이었다.

"그나저나, 하던 말이나 계속하지."

"……무슨 말씀이신가요?"

"너희가 귀환할 방법 말이다."

발락은 주저하던 그레모리와 다르게 호쾌하게 말을 이어 갔다.

"72층 꼭대기에 가면 된다. 거기에 제단이 있다."

"제단?"

"그래, 제단. 자세하게 설명하자면 72명의 마왕이 공을 들여 만든 초거대 차원 이동 게이트다. 영혼을 출생 차원으로 강제로 귀환시키는 강제 사출 마법진이지."

"잠깐."

태양이 혼란스러운 얼굴로 발락의 말을 끊었다.

"마왕들은 플레이어의 귀환에 관심 없는 거 아니었어?"

"뭔가 잘못 알고 있군그래? 전혀 그렇지 않다. 오히려 차원 미궁은 바알이 찾아냈던 그 차원 이동 게이트 하나에서 착안한 프로젝트다."

지구, 창천, 에덴.

엘프들의 차원 대수림, 오크들의 차원 우자크.

초월자인 마왕의 진입을 극단적으로 경계하는 거대 차원들.

"72층의 사출 게이트는 말하자면 그런 거대 차원에 틈을 만들어 내는 기구다."

"틈을 만들어 낸다고?"

"그래. 수십의 마왕이 드나들어도 상관없는 틈이지."

"……그러니까 플레이어가 필요했다는 거야? 지구, 창천, 에덴. 거대 차원 출신의 영혼이?"

"그래. 게이트의 내구성이 좋지 않다. 사용 횟수는 많아봐야 셋. 적은 기회를 효율적으로 사용하기 위해선 최적의 대상을 선택해야 할 필요가 있었다."

가치 있는 영혼은 곧 강한 영혼.

차원 미궁은 그런 마왕들의 발상에서 착안한 고독(蠱毒)이었다.

마왕이 만들어 낸 이 시스템은 철저히 강자생존의 법칙을 따랐다.

중반 이후부터 개인이 아니라 진영 간에 경쟁을 유도한 이유 역시 마왕들이 더 우월한 영혼을 원했기 때문이다.

개개인의 비교보다는 집단군의 비교가 훨씬 유의미한 지표가 될 테니까.

으드득.

태양이 이를 갈았다.

"끝까지 올라오는 놈들이 가장 맛있는 먹잇감이다, 이거냐?"

"단순히 생각하면 그렇지. 하지만 이상하지 않나? 단순히 영혼의 질만 생각할 거였다면 너희를 성장시킬 필요가 없어. 약한 채로 두는 게 오히려 더 제어하기가 쉽지."

발락이 어깨를 으쓱였다.

"영혼을 단련시켜야 하기 때문이다. 차원을 뚫는 작업 와중에 나약한 필멸자의 영혼은 게이트의 중압을 버티지 못하거든."

"······."

"그래. 72층 스테이지에서 게이트를 가동시키면 너는 지구로 돌아갈 수 있다. 여기 있는 플레이어들 역시 돌아갈 수 있겠지."

─미친······.

귀환.

하나 발락이 말한 귀환은 차원 미궁과 지구가 연결된다는 뜻을 함의했다.

─태양아, 이거 맞아?

현혜의 질문에 태양은 대답하지 않았다.

란이 물었다.

"다른 차원은? 태양이 사용 횟수가 세 번은 된다며. 게이트를 통해 지구가 아닌 다른 차원도 연결될 수 있는 거야?"

발락이 고개를 끄덕였다.

"마왕, 그러니까 초월자의 신성이 있으면 재가동이 가능하다. 실제로 지금 72층의 마법진은 루시퍼라는 초월자의 신성을

동력으로 가동 준비를 마쳤다. 윤태양, 네가 72층에 진입하기만
하면 돌아갈 수 있다는 이야기다."

초월자의 신성.

란의 안색이 어두워졌다.

"뭐, 설명은 여기까지고. 이제 본론이다."

"뭐?"

"나랑 계약하자, 윤태양."

쿠궁.

발락의 말과 동시에 사위가 흔들렸다.

강한 의지를 담은 언어와 무식할 정도의 마나가 맞물려 언령
(言令)이 되었다.

"발락과 용 군단은 용의 심장에 걸고 맹세한다. 플레이어 윤
태양이 내가 내린 임무를 성공적으로 수행한다면 발락 휘하의
용은 지구에 침입하지 않겠다. 게이트가 있는 72층 역시 침입하
지 않겠다."

"이봐."

"조건은 두 마왕, 바르바토스와 단탈리안의 죽음."

파칭.

'계약의 마법진'이 태양과 발락을 휘감았다.

"받아들이겠나?"

마법진이 생겨나는 동시에 그레모리가 단탈리안과 바알 사이
에 끼어들었다.

"이봐요. 발락! 이건⋯⋯."

"그레모리. 예의를 지키지."

"윤태양은 계약의 마법진을 몰라요. 이건 부당한 계약입니다."

그레모리의 발언에 마법진이 출렁였다.

발락의 눈썹이 휘어졌다.

"지금 방해하는 건가?"

"당연하죠. 계약의 마법진은 초월자 간에 신의를 지킬 수 있는 거의 유일한 방법이에요. 당신이 나쁜 선례를 만들면 저는 물론이고 다른 초월자들도 피해를 입어야 한다고요."

"웃기는 말을 하는군. 멍청한 초월자들이 몇 번이고⋯⋯."

말을 잇던 발락이 고개를 흔들었다.

지금 중요한 건 그레모리와의 설전이 아니었다.

"이봐, 그레모리. 나와 척을 지고 싶은 건가?"

그레모리는 전투를 극도로 꺼리는 성향이다.

이는 마왕들 사이에 널리 알려진 이야기였다.

"맞아요. 꺼리죠."

그레모리가 어깨를 으쓱였다.

그녀의 시선에서 자신감이 흘렀다.

싸워 이길 수 있다는 종류의 자신감이 아니다.

그레모리의 자신감은 단탈리안이 태양의 공세를 받아 내면서 보였던 여유와 그 궤를 같이했다.

발락이 자신을 건드릴 수 없다는, 그런 확신.

"……."

결국 발락이 어깨를 으쓱였다.

"그럼 네가 계약의 마법진을 검수하면 되겠군. 내가 부당한 계약 조건을 제시하더라도 네가 제지하면 되니까."

"아니, 계약을 하지 않는 게……."

"넌 필멸자들이 온전히 제 차원으로 돌아가기를 원하는 줄 알았는데. 아닌가?"

"……그건 맞아요."

"네가 날 어떻게 보고 있는지는 모르겠는데, 난 부당한 거래를 제안하러 온 게 아니다. 용의 군주로서 당당하게 지구의 대표자인 윤태양을 만나러 온 거다."

발락이 태양을 바라봤다.

"네가 거래를 거절하면 강요할 생각은 없다."

"흐음……."

그레모리가 태양을 바라봤다.

─이게 무슨 개소리지?

─정리 : 차원 미궁으로 넘어간 플레이어들 지구로 귀환하는 동시에 얘네 따라 마왕들도 같이 들어옴.

─헬게이트 오픈.

─에반데.

-3억 손절 ㄱ.

　-죄송한데 여기에는 70억이 있다구여;

　-단탈리안을 현실에서 즐긴다고? 이건 못참지 ㄹㅇㅋㅋ

　-와! 우리 집 앞으로 날아오는 드래곤!

　-직관하면 질질 쌀 듯 ㄷㄷ.

　-아니 미친놈들아; 좋은 게 아니라고.

　-안 그래도 난이도 미쳐 돌아가는 게임인데.

　-지구 종말! 지구 종말! 지구 종말!

　태양이 채팅 창을 한 구석으로 치우며 발락을 바라봤다.

　"그래. 뭐라고 하는지 이야기나 들어 보자."

　"그렇게 나와야지."

　발락이 호쾌하게 웃었다.

　"당장 72층을 뚫고 지구로 귀환하면 끝나는 그런 문제가 아닌 건 너도 알 거다."

　"그래."

　그래서 발락은 조건을 내걸었다.

　태양이 내가 내린 임무를 성공적으로 수행한다면 발락 휘하의 용은 지구에 침입하지 않겠다고.

　또 더불어서 게이트가 있는 72층 역시 침입하지 않겠다고.

　"내 목적은 차원 미궁을 내 영토로 삼는 거다. 72개의 조각 차원들. 아, 너에게 72층을 넘기면 71개가 되겠군."

신컨의
원코인
클리어

"차원 미궁을 영토로 삼는다고?"

"그래. 지구는 몇 십억이 넘게 살 수 있는 환경이고, 초월자가 나올 정도로 발전하지도 못했으니 체감이 되지 않을 수도 있겠군."

한 종이 차원의 패권을 장악하면 어떤 일이 벌어지는가.

여러 가지 일이 벌어지겠지만, 가장 대표적인 변화는 지배종의 개체 수가 압도적으로 불어나기 시작한다.

태양이 고개를 저었다.

"아, 무슨 말을 하는지 알 것 같다."

인구 증가.

한국은 아니지만, 세계적인 관점에서 보면 지구에서도 벌어지는 일이었다.

과학이 발전함에 따라 사람은 점점 더 오래, 끈질기게 살아남을 수 있게 되었다.

또한, 인구가 많아질수록 인구가 증가하는 속도도 빨라졌다.

1804년, 세계 인구가 아마도 처음으로 10억을 넘겼다.

1927년 세계 인구는 20억을 넘었고, 1960년에 30억을 넘겼다.

이후 각각 14, 13, 12년의 주기를 두고 40억, 50억, 60억을 넘겼고 또다시 12년이 지난 2011년, 세계 인구는 70억을 넘겼다.

대기근, 전염병, 전쟁과 같은 커다란 사건도 단기적으로는 인구를 줄이는 데 성공했지만, 결론적으로 인구가 늘어나는 걸 막지 못했다.

태양이 차원 미궁에 들어오기 전에도 뉴스 어딘가에서는 화성 테라포밍에 관련된 주제를 떠들었었다.

"그래. 우리는 더 넓은 영토가 필요하다."

발락이 씨익 웃었다.

"그리고 우리 용족의 군대는 위에서 놈들이 싸우는 동안 이미 차원 미궁을 점령할 준비를 마쳤지."

"이미 마쳤다고?"

"그래. 50층 위로는 아직 병력을 투입하지 않았지만 밑으로는 내가 손가락 하나만 까딱하면 끝이다."

그레모리가 중얼거렸다.

"그래서 들어올 수 있었던 거군요."

"그래. 네가 흩어놓은 좌표는 결국 스테이지 15개의 좌표더군. 머리는 잘 썼지만 내 군단에는 유능한 마법사가 여럿 있어서 말이지."

발락이 만족스럽게 웃었다.

"태양, 너는 고맙게 생각하고 있다. 덕분에 위층은 난장판이 되었고, 그나마 이쪽을 관측할 수 있는 건 바싸고의 도서관뿐이었는데 그것 역시 네가 직접 손으로 부숴 줬지."

"하……."

단탈리안의 계획에 따라 진행한 일이 의외로 발락에게 이득이 돌아간 모양이었다.

"목표는 왜 하필 바르바토스와 단탈리안이야?"

태양 입장에선 원래 치워야 할 적들이다.

태양은 원래 하려던 일을 하는데 보상을 추가로 주는 구도.

수상할 정도로 조건이 좋으니 의심을 할 수밖에 없었다.

발락이 태양의 마음을 이해한다는 듯 픽 웃었다.

"바알은 죽었고, 아가레스와 이야기는 끝났다. 그렇다면 무리를 짓는 마왕은 둘, 바르바토스와 단탈리안뿐이다."

사실 단탈리안도 그렇게 마왕들을 규합하여 행동하는 마왕은 아니었지만, 이번 사례를 통해 포텐셜을 보여 주면서 발락도 무시할 수가 없게 되었다.

"너에게도 나쁜 제안은 아닐 텐데?"

발락의 말에 어디선가 바람이 불어왔다.

아라실이 하는 무언의 시위였다.

"말하자면 너는 용병이다. 판은 내가 이미 짜 뒀으니, 위에서 뛰어 주기만 하면 돼."

바알이 태양을 바라봤다.

'단탈리안이 참 잘 벼려 뒀단 말이지.'

초월자인 바알 입장에서도 태양은 굉장히 매력적인 무기였다.

발락도 그 재능을 직접 확인했다.

다른 건 몰라도 윤태양의 대인 전투 능력은 마왕들 사이에서 수위를 다툴 정도였다.

거기에 발락 본인의 육체와 푸르카스의 대 초월자 전용 권능인 살(殺)까지 탑재했다.

　신룡화를 빼앗긴 탓에 발락 역시 쓴웃음을 삼킬 수밖에 없었지만, 결론적으로 단탈리안이 육성한 태양은 정말 소프트웨어와 하드웨어가 완벽한 대인 전용 병기였다.

　'시간이 없어 당장은 안 되겠지만, 바알의 신성까지 소화하면 정말 물건이 될 거야.'

　대군전에선 또 다르겠지만, 저것도 대인전에서만큼은 정말 엄청난 힘을 발휘하는 존재가 되리라.

　비약하자면 바알에 버금가는 초월자가 또 하나 탄생할 수도 있었다.

　발락이 태양에게 유리한 조건을 달아 주는 면이 있는 것도 그의 성장 가능성을 봤기 때문이었다.

　발락은 초월자 개인의 자존심보다 종의 번영을 우선하는 군주였다.

　태양의 성장을 돕고 긍정적인 관계를 구축해 둔다면 언젠가는 쓰임새가 있을 터였다.

　거기에 더해 태양을 통해 지구라는 거대 차원이 개통되면.

　'한동안 난리가 나겠지.'

　지구를 중심으로 차원 세력 구도에 지각 변동이 일어날 가능성이 컸다.

　이는 발락이 72층을 꽉 틀어막아 초월자들의 왕래를 0으로 만들어도 막을 수 없는 수순이다.

신전의
원코인
클리어

적어도 발락이 경험한 바에 따르면 그랬다.

발락은 지구의 운명에는 관심이 없지만, 태양과의 관계에는 관심이 있었다.

차원이 멸망하더라도 초월자인 태양은 죽지 않을 테니까.

지구 멸망, 윤태양은 생존.

만약 그런 상황이 나오면 발락은 태양을 용 군단의 일원으로 영입할 생각까지도 하고 있었다.

"한 가지 더 질문해도 되나?"

"물론이다."

"영토가 필요한 거라면 너도 거대 차원을 노리는 쪽이 낫지 않나?"

발락이 고개를 내저었다.

"거대 차원을 노리는 건, 도박이다."

"도박?"

"그래. 차원마다 환경이 극명하게 다르기 때문이다. 그리고 생명체들은 거기에 영향을 받을 수밖에 없고."

"아."

태양이 저도 모르게 눈을 크게 떴다.

그랬다.

생명체란 굉장히 예민한 존재다.

물고기는 수온 1도 2도에 따라 죽고 산다.

인간 역시 다르지 않다.

과거 아메리카 대륙의 원주민들이 재앙에 가까운 전염병에 떼죽음을 당한 것도 결국 다른 환경에서 비롯한 병균 때문이 아니었던가.

외계인이 살 수 있는 환경이라고 당연히 인간이 살 수 있는 환경일 가능성은 크지 않았다.

아니, 지구에도 바다, 강, 육지 등의 갖가지 환경이 있고 생명체는 그 환경 중 극히 일부분에만 적응하여 살아간다는 점을 생각하면 가능성은 아주 적다고 보는 게 옳았다.

"초월자라면 혹은 플레이어처럼 초월자로 가는 과정에 있는 존재들이라면 상관없지. 하지만 내게 필요한 건 평범한 백성들이 살 수 있는 환경이다."

"아."

"차원 미궁의 스테이지들은 마왕들이 직접 힘을 써 '어지간한' 생명체라면 모두 살 수 있는 환경을 구축했다. 하나 만약 내가 지구를 침략했는데, 지구가 용종이 살기 적합하지 않은 환경이라면?"

중소규모 차원이라면 발락과 용종이 힘을 합쳐서 어떻게든 테라포밍할 수 있었다.

하지만 지구와 같은 거대 차원은 아니다.

규모부터 극명한 차이가 있다.

또한 테라포밍 과정에서 겪게 될 차원 단위의 반발 또한 중소 규모 차원과는 궤를 달리했다.

신컨의
원코인
클리어

지구와 같은 거대 차원을 테라포밍하는 건 수십의 차원을 침략, 정복한 용 군단에게도 현실적으로 불가능한 일이었다.

고민하던 태양이 입을 열었다.

"그래서, 조건이 뭐라고?"

파칭.

태양이 계약 의사를 표함과 동시에 마법진이 출렁거렸다.

"마왕 바르바토스와 단탈리안의 죽음."

"일은 나 혼자 해야 되나?"

"아니, 나도 같이 간다. 네 일행 역시, 필요하다면 데리고 가는 게 좋겠지."

태양이 주먹을 쥐었다.

발락이 돕는다는 건 곧 그의 세력 전부가 그 둘의 죽음에 힘을 쓴다는 뜻이다.

마법진을 확인한 그레모리가 중얼거렸다.

"……독소 조항은 없어요."

"없을 수밖에."

일반적으로 설전에 가깝게 진행되는 게 계약의 마법진을 통한 계약이다.

이렇게 깔끔하게 한두 마디로 계약이 체결되는 건 거의 없는 일이었다.

태양이 혀로 입술을 핥았다.

"좋아. 계약하지."

"잘 생각했다."

발락이 호쾌한 손짓으로 태양의 어깨를 쳤다.

"그런데 조건 한 가지만 더 붙여도 돼?"

"말해라."

"일이 모두 성공적으로 끝나고, 바알의 신성을 내가 정상적으로 소화한다는 가정하에 하는 이야기야."

태양이 시선을 옮겼다.

그 끝에, 살로몬이 있었다.

"네 권능, 신룡화를 넘길게."

"대가는?"

"12층, Endless Express 스테이지도 72층이랑 같이 불가침으로 가자."

태양이 살로몬을 보며 씨익 웃었다.

"우리 일행 중에 12층 스테이지 출신이 있거든."

지구

제목 : 윤태양 방송 본 사람 있나?

ID : DoubleKtheMaster

차원 미궁에 갇힌 지구인들 귀환하면 지구도 차원 미궁처럼 변한다는 거지? 내가 이해한 거 맞지? 미국은 정부 차원에서 진지하게 윤태양 말려야 하는 거 아니야? 사람들 죽어 나가는 건 슬픈 일이지만, 그 사람들 때문에 우리까지 위험에 노출되는 건 비합리적이잖아.

－인정해. 슐츠는 당장 한국으로 군인을 파견해야 해.

－나도 동의해. 조금 비도덕적으로 보일 수 있어도 윤태양의 캡슐 코드를 뜯어내야 해. 이건 정당방위야.

─······다들 미친 거 아니야? 우리가 위험해질 것 같다고 3억
을 다 죽이자고? 그게 홀로코스트랑 다를 게 뭐야?

─홀로코스트랑은 완전히 달라. 그건 제노사이드였어. 이건
우리가 살기 위해 하는 방어야.

─그리고 3억은 아니야. 이미 많이 죽었거든.

─3억을 위해서 나머지 70억 인구의 불행을 감수하는 건 민주
주의적인 관점으로 봤을 때 옳지 않아. 이걸 동의하지 않는 사
람은 없을걸.

─위에 있는데.

─어디에나 멍청한 사람은 있기 마련이야. 지지율 100%가 실
현될 수 없는 현실적인 이유지.

제목 : 내 가족이 캡슐 안에 갇혀 있다고 생각하면 이야기가
달라질걸.

ID : savemyfam

차원 미궁에 납치당한 사람들을 구하지 않겠다고? 거기 안에
네 엄마가 갇혀 있어도? 네 아들이 갇혀 있어도? 네 애인이 갇
혀 있어도? 이봐 친구들, 개소리 집어치우고 윤태양이나 응원
하고 있어. 그리고 말이야, 그 사람들을 구하기 위해 결국 목숨
까지 내던진 메시아는 잊은 거야? 어떻게 윤태양을 말려야 한
다고 이야기하는 거야?

─윤태양은 돌아올 거야. 아무도 막을 수 없어. 당장 정부도 아무런 액션을 취하고 있지 않잖아?

─나도 윤태양을 죽인다는 말에는 동의 못 해. 계약 내용 봤으면 알잖아. 다른 초월자는 지구로 못 돌아온다고.

─이해가 안 돼. 왜 미국의 국방력을 믿지 못하는 거야? 초월자라면 모르지만 단순히 덩치 큰 괴물이라면 결국 죽일 수 있잖아.

─행성도 멸망시키는 기술력이지. 초월자들도 핵융합 기술은 권능으로 취급하지 않을까.

─제발. 다른 사람들 미친 것 같아. 내 동생이 지금 캡슐 안에 갇혀 있는데…….

─미안한데 네 동생 살자고 우리 엄마를 죽일 수는 없어.

─이건 정확히 하자. 윤태양이 돌아온다고 너네 엄마가 죽는 건 아니야.

제목 : 당장 한국으로. 정부가 안 하면 내 손으로라도 할 거야.

ID : Blutieman

씨X. 나에겐 가족이 있어. 지켜야 할 가족이 있다고. 난 지금 행복하고, 샷건도 가지고 있지. 이 행복을 깨부수려고 하는 사람이 있다면 그게 누구든 총으로 쏴 죽일 거야.

―난 이미 여권 챙겼어. 국가가 안 하면 내가 해야지.

　―할 거면 빨리 해. 한국에서 입국 금지 명령 내릴지도 모르니까.

　―같이할래?

　제목 : 다들 중요한 걸 놓치고 있어.

　ID : unable

　안에 갇힌 사람들이 중요한 게 아니야. 우리가 이렇게 두려워 하는 이유가 뭔데? 단탈리안이라는 초월자가 세계의 모든 국방 체계를 헤집으면서 3억의 인류를 납치해 갔기 때문이지?

　발락은 초월자의 출입을 완벽히 틀어막겠다고 했어. 하지만 지구에는 초월자가 들어오지. 그래. 바로 윤태양. 만약 그가 성공적으로 지구에 귀환하면 인류의 기술로는 그를 막을 수 없어. 단탈리안이 이미 몸으로 입증했잖아. 만약 윤태양이 히틀러로, 무솔리니로, 스탈린으로 변모하면 어떻게 할 건데? 우린 못 막아.

　―인정. 그가 중국을 지지해 버린다면 미국은 끈 떨어진 연이 될지도 몰라. 빌어먹게도 한국은 중국이랑 붙어 있단 말이야.

　―확실히. 그가 공산주의의 지지자가 되어 개혁을 부르짖으면…… 세계는 초월자라는 비대칭 전력을 상대로 전쟁해야 되는 거네.

—그게 아니더라도 윤태양은 동생을 구하겠다고 단탈리안에 들어간 거잖아. 동생이 납치돼서 협박이라도 당하면?

—아니, 미국 정부는 왜 개입하지 않는 거야? 어떤 방식으로든 개입은 필요할 것 같은데?

……

단탈리안 이야기를 전문으로 겨냥하고 만들어진 미국의 커뮤니티, SDO(Save Dantalian Online)는 난장판이 되어 있었다.

이제까지 그래 왔듯 전 세계가 차원 미궁과 관련된 이슈로 불타오르고 있었다.

많은 미국인이 당장에라도 미국 정부가 개입하여 윤태양의 귀환을 막아야 한다고 주장했다.

물론 캡슐에 접속한 친지, 가족들이 있는 적지 않은 사람들의 반발도 있었다.

공통적인 의견은 어떤 방식으로든 미국 정부는 개입하거나 입장을 표명하라는 것이었다.

국가가 아니라 세계의 존망이 걸린 문제.

그들이 보기엔 세계 최강국이자 한때 세계의 경찰을 자처했던 미국이 이 사안에 나서야 했다.

그리고 미국 정부는 공개적으로 입장을 표명하는 대신 행동에 착수했다.

존 애드거 호프가 되물었다.

"정말로 합니까? 최악의 경우를 생각하면 우린 돌이킬 수 없는 강을 건너고 있는 건지도 모릅니다."

작은 이어폰 너머로 대테러부국장 리파 칼의 건조한 목소리가 울렸다.

—연방은 윤태양의 캡슐을 확보하기로 결정했다. 또한 그의 여동생 윤별림의 신변도. 상황이 허락하면 주현혜까지 확보한다. 브리핑은 받았겠지?

"……다른 의견은 받지 않으시는 겁니까?"

—상급자를 통해서 하도록.

"전 세계가 미국을 손가락질할 겁니다."

—선임 특별 수사관 존 애드거 호프. 난 자네에게 평가를 주문한 적이 없네.

"……."

존은 대꾸하지 못했다.

리파 칼의 직급은 존과는 너무 까마득한 거리가 있었다.

한마디라도 꺼낸 게 존으로서는 큰 용기를 낸 일이었다.

'좋지 않아.'

그가 소속된 정보부도 아닌 대테러부의 국장이 상황을 통제하고 있었다.

대테러부 국장이 사건을 총괄한다. 이는 미국 정부가 태양의 귀환을 테러로 규정했다는 이야기였다.

소속원으로서의 존은 정부의 명령을 따르겠지만, 개인으로

서의 존은 정부의 이번 판단에 회의적이었다.

'실패할 경우, 리스크가 너무 커.'

FBI는 '진실' 스테이지에서 초월자가 어떤 존재인지 처절하게 실감하지 않았던가.

—그는 단탈리안과 달라. 우리가 충분히 통제할 수 있을 걸세.

존의 마음을 읽기라도 한 듯 이야기하는 리파 칼.

하나, 존은 납득하지 못했다.

태양이 누볐던 '진실' 스테이지는 복기할수록 놀랍도록 현실의 뉴욕과 같았다.

단탈리안 뿐만 아니라, 윤태양 역시 가상으로 구현된 뉴욕에서 사법 체계를 가뿐하게 유린했다.

FBI가, 미국 정부가 윤태양을 정말 통제할 수 있을까?

하나.

"하기 싫으면 지금 말하게, 존. 자네를 대체할 인력은 얼마든지 있네."

명령을 따르든가, 작전에서 배제되든가.

리파 칼은 단호한 어조로 존에게 선택을 강요했고.

"……알겠습니다."

존은 선택했다.

—그럼 시작하게.

대한민국, 서울.

존은 선임 특별 수사관(Senior Special Agent)지만, 이 현장에서 만큼은 특별 수사 관리관(Supervisory Special Agent)으로 활동할 예정이었다.

즉, 이 현장의 책임자라는 이야기다.

존이 눈짓했다.

"가지."

존의 말 한마디에 네 명의 수사관이 정해진 루트로 흩어졌다.

목표는 윤태양의 자택.

자택 주변에는 군인과 경찰이 동시에 철통같은 경비를 서고 있었다.

거기에 사복을 입은 요원들이 불규칙하게 주변은 순찰하며 주변을 확인하고 있었다.

대한민국의 심장부인 청와대보다도 더 철통같은 경비.

국가, 회사, 혹은 제3의 세력.

미국이 아니더라도 윤태양의 신변을 탈취해야 하고 싶은 집단은 많았으니 당연하다면 당연한 수준이다.

실제로 한국의 방송국은 윤태양의 자택에 잠입하려는 사람을 붙잡았다는 기사가 많으면 하루에 3개씩 터지고 있었다.

신편의
원코인
클리어

그중에는 인터폴에 국제 수배된 테러 단체의 요원도 있어 세계의 이목이 집중되기도 했었다.

'그렇다고 뚫지 못할 이유는 없지.'

FBI다.

외계인 초월자인 단탈리안에게나 당했지, 지구에서 가장 유능한 집단 중 하나다.

존은 당당하게 정문으로 걸어왔다.

군인과 경찰의 시선이 단숨에 모였다.

군인의 경우는 시선뿐만 아니라 총구도 존을 향해 모았다.

존이 황급히 양손을 들어 올렸다.

"이런, 싸울 의향은 없네."

그들은 존을 알아보는 눈치였다.

당연하다면 당연한 일이다.

당장 저번 '진실' 스테이지에서 태양과 직접 전화를 한 사람이 바로 존이었다.

그의 얼굴도 알아보지 못할 정도로 교육이 되어 있지 않다면 윤태양의 자택은 뚫려도 한참 전에 뚫렸다.

"돌아가십시오."

"이런. 아직 용건도 꺼내지 않았는데."

"상부의 지침입니다. 3m 안으로 접근하면 발포할 수 있습니다."

철컥.

존은 태연한 얼굴로 말을 이었다.

"이런, 상부에서 다른 지침이 내려왔을 텐데, 아직 확인하지 않았나?"

"없었습니다. 확인하고 있으면 차후 저희 쪽에서 찾아가겠습니다."

"확인이라도 당장 해 줄 수 있겠나? 미안한데 나도 급한 몸이라서."

윤태양의 생사만 확인해 달라는 내용의 요청.

한국 정부는 캡슐 안에 누워 있는 윤태양의 모습마저도 철저하게 감추고 있었다.

이에 세계 각국은 한국에게 방송과는 별개로 윤태양의 신병을 투명하게 공개하라는 압박을 보내고 있었다.

윤태양의 안전이 곧 3억 인류의 구원인 만큼 그 신원을 투명하게 공개하여 마음의 안정을 얻고 싶다는 구실이다.

'물론 현실은 다르지.'

언제든지 윤태양의 신병을 확보하기 위해서는 한 푼의 정보라도 더 공개되어 있는 게 좋다.

구실은 상관 없는, 단지 그것을 위한 압박.

발락과의 회담 이후 그 기조는 더 강해졌다.

한국은 이제까지 국제 사회에서 보인 태도와는 다른 스탠스로 굳건하게 대응하고 있었다.

하나 미국은 언제나 한국에게 강력한 영향력을 끼쳐 왔다.

"……확인해 보겠습니다."

마지못해 뒤를 돌아 하급자에게 뭐라 중얼거리는 군인.

그거면 충분했다.

존이 자연스럽게 군인들과 합류하는 동시에.

탕! 탕! 타다당!

서울 한복판에서 총소리가 난무했다.

"습격! 습격이다!"

사복 경찰, 군인들의 대처는 완벽에 가까웠다.

모든 병력이 동시에 적절한 엄폐를 끼고 소리가 난 방향을 향해 응사하는 모습은 현역 연방수사국 요원인 존이 보기에도 고칠 곳이 없었다.

투두두두두.

동시에 총알 비가 떨어진다.

특히 존의 방향으로 많이.

"Shit!"

존이 필사적으로 머리를 가리며 건물 외벽에 붙었다.

"하 중사! 붙어!"

거친 목소리와 함께 하 중사라고 불린 군인이 존에게로 다가왔다.

혹여나 존이 돌발 행동을 했을 때를 대비한 최소한의 대비책이었다.

"이번 일에 저는, 미국은 관계없습니다."

"저에게 변명하셔도 의미 없습니다."

철컥.

하 중사는 곧장 존의 왼손목에 수갑을 채웠다.

본인의 오른손에도 같이 채워 아예 행동을 변수를 제거하려는 요량인 듯했다.

동시에 존에게 다시 한번 총알 세례가 쏟아졌다.

"크윽!"

하 중사와 존이 동시에 코너를 돌아 사격 진원지로부터 모습을 숨겼다.

급박한 상황, 하 중사가 코너 반대편을 확인하는 모습을 보며 존이 주머니에 손을 찔러 넣었다.

'됐어.'

당연한 이야기지만 지금 총 쏘는 건 다른 연방수사국 동료들이었다.

저들이 잡히기 전에 존이 해야 하는 일.

잠입.

그리고 윤태양의 신병 확보.

약 0.5초.

주머니에 들어간 존의 손에서 작은 주사기가 잡혀 나오는 시간이었다.

'건물 도형은 완벽하게 숙지했고…… 현재 위치도. 이 위치라면 C-3 루트로군.'

다시 0.5초.

주사기가 존의 정맥을 찔렀다.

푸슈슈슉.

이마 혈관이 불끈 솟아올랐다.

투욱.

그대로 뛰어오른 존이 아파트 2층 실외기를 붙잡았다.

"어, 어엇?"

약 1초간 반대 방향을 경계하던 하 중사가 당황해서 소리를 질렀다.

그리고 뒤늦게 주변을 확인했지만, 존의 모습은 보이지 않았다.

✦✦✦

태양의 처분에 관한 문제는 청와대에서도 언제나 가장 뜨거운 토론 거리 중 하나였다.

대통령, 구영호 앞에서 청와대 비서실장 민학기와 민정수석 유공빈이 열변을 토했다.

"윤태양을 제거하자고요? 민정수석, 진심입니까?"

"제 의견은 그렇습니다. 거, 생각을 좀 해 봐요. 차원 미궁을 맞이하기에 우리가 준비가 됐다고 생각하십니까?"

"민정수석. 시간을 얼마나 벌 수 있다고 생각하십니까? 5년?

10년? 아뇨. 당장 일주일도 장담할 수 없을 겁니다."

"왜 장담을 못 합니까. 윤태양이 게이트를 가동시키지만 않으면 지구가 뚫릴 가능성은 없습니다."

유공빈의 말에 민학기가 하! 헛웃음을 내뱉었다.

"그건 낙관적인 관점이죠. 단탈리안은 게이트 없이도 지구에 들어왔다는 사실을 잊으셨습니까?"

"……크흠. 단탈리안은 윤태양이 처리한다 치고."

"그거 정말 어이없는 발언이신데, 심지어 틀렸어요. 단탈리안 말고도 초월자는 많아요. 단탈리안이랑 바알을 빼도 70명입니다. 70명!"

얼굴이 발갛게 달아오를 정도로 흥분한 민학기가 손수건을 꺼내 들어 이마에 난 땀을 닦았다.

구영호는 가볍게 고개를 내저으며 생각에 잠겼다.

말씨는 거칠었지만, 민학기의 말은 틀리지 않았다.

역사가 증명한다.

땅이 있고, 그곳에 사는 문명의 힘이 약하다면 정복자는 반드시 나타나는 법이다.

과거 서구 열강이 아메리카와 아프리카 대륙을 침략했던 것처럼. 그리고 서구 열강의 문명을 먼저 받아들인 일본이 한반도를 침략했던 것처럼.

민학기가 이번에는 대통령을 향해 고개를 틀었다.

"……영호 형님. 관점을 바꿔 생각해 보자고요. 태양이 지구로 오면 적어도 우리는, 한국은 괴물들을 막을 수 있어요."

"······."

"미국도 그랬잖아요. 초월자는 핵폭탄보다 더한 비대칭 전력이라고. 그 비대칭 전력이 한국의 소유가 되는 거잖아요."

"상상해 보세요. 미국이 한국에 일방적인 원조를 바라야만 하는 상황을."

"흐음······."

정치인들로서는 꿈과 같은 상황이다.

한국은 국제 외교에서 을의 입장에 서 있는 경우가 많았다.

인접한 국가만 해도 그렇다.

중국은 시장 크기가 워낙 크니 말할 것도 없고, 일본 역시 한국보다 일찍 발전을 마치고 선진국 반열에 들어선 국가다.

이리저리 치이는 신세.

하나 그 그림이 완전히 뒤바뀐다면?

미국이, 중국이, 일본이.

한국의 도움을 간절하게 바라며 고개를 숙이는 순간이 온다면?

"하지만 문제가 있네."

"어떤 문제요?"

"윤태양 군이 과연 우리 뜻대로 움직여 줄 것인가."

태양은 아주 오랜 시간 방송에 노출됐다.

그의 됨됨이를 파악하기는 어렵지 않았다.

에고가 강하고, 제멋대로인 경우가 많다.

권위에 굴복하지 않고, 심지어 마왕에게도 덤벼드는 반골.

제어가 어려운 인간상이다.

하나 대통령의 하문에 민학기는 자신만만하게 웃었다.

"그래서 많이 준비했잖습니까. 그 친구 지인도 섭외하고. 거기에 더해 이번에 미국 그 친구들도 도와주고요. 본 의도는 아니겠지만."

대통령이 인상을 찌푸렸다.

"혹여나 잘못되면……."

"절대 그럴 리 없습니다. FBI? 형님, 똥개도 제집에선 절반 먹고 들어가는 법입니다."

끼이익.

대통령이 의자를 뒤로 젖혔다.

그에 민학기가 보이지 않게 주먹을 움켜쥐었다.

대통령의 지금 제스처는 반쯤 넘어왔다는 신호다.

"그걸로 될까? 나는 확신이 안 서네."

"그는 반골이긴 하지만, 같은 편으로 두면 누구보다 든든한 인물입니다."

"확신할 수 있나?"

"아휴, 형님. 세상에 절대가 어디 있습니까."

절대는 없다.

하나, 적어도 프로파일러들은 고개를 끄덕였다.

"우리도 다른 나라 앞에서 목 좀 뻣뻣하게 펴고 살아 봅시다. 예?"

✦

우드득.

콘크리트 가루가 흘러내린다.

본래라면 깔끔하게 떨어져야 할 건물 외벽면이 총알에 의해 울퉁불퉁하게 바뀌었기 때문이다.

존은 빠르게 건물 외벽을 타고 등반했다.

일반적인 사람이라면 불가능한 속도.

투약한 약물이 보조하는 집중력과 근지구력, 그리고 연방수사국 선임 특별 수사관 존의 기량이 기예를 만들어 냈다.

'그래봐야 차원 미궁에 들어간 플레이어에 비하면 새 발의 피겠지만.'

태양의 자택인 504호에 도착하기까지 걸린 시간은 체감 3분이 채 되지 않았다.

철컥.

허리에서 권총을 꺼낸 존이 창문에 대고 총구를 겨눴다.

창문은 통짜 철로 막혀 있었다.

'노 프라블럼.'

사전에 숙지한 상황이었다.

존은 당황하지 않고 철판의 각 모서리를 정확히 조준하고 방아쇠를 당겼다.

타앙! 타앙! 타앙!

투캉!

마술같이 떨어져 나가는 강철판.

1cm라도 조준이 엇나갔다면 철판을 떨어지지 않았으리라.

존은 들어가지 않고 창문을 겨눈 채 방아쇠를 다섯 번 더 당겼다.

타앙! 타앙! 타앙! 타앙! 타앙!

"까아아악!"

거친 격발음.

그리고 한 템포 늦게 터져 나오는 놀란 여성의 비명.

그사이 부하들의 보고가 들어왔다.

－1번 요원 현장 이탈 성공.

－2번 요원 도주 중. 파악하지 못한 사복 경찰 4인.

존이 이어폰에 손가락을 가져갔다.

"2번, 무리하지 말고 투항하라."

한국 정부가 근래 유례없이 강경한 태도를 보이고 있기는 하지만, 연방수사국의 수사관을 죽일 수는 없다.

투항 후에 거칠게 다뤄질 수는 있겠지만, 얼마 있지 않아 빼낼 수 있다는 계산이었다.

아니, 이제까지의 한국을 생각해 보면 거칠게 다뤄지지 않을 가능성도 충분히 있었다.

　－2번 요원, 확인.

　－3번 요원 현장 이탈 성공.

　－4번 요원 현장 이탈 성공.

　존은 요원들의 간결한 보고를 한 귀로 흘리며 창 내부 상황을 확인했다.

　윤태양의 자택 건물 도면은 진즉에 확인했다.

　존이 격발한 다섯 방의 총알은 경계를 서는 포인트를 정확히 타격했으리라.

　절그럭.

　예상은 정확히 들어맞았다.

　후두부, 관자놀이 등을 가격당한 채 미동조차 없이 쓰러져 있는 시체 다섯 구를 확인한 존이 건물 내부로 진입했다.

　"이런!"

　존이 빠르게 몸을 날렸다.

　창문의 사각에 몸을 숨긴 현혜가 쓰러진 군인의 주머니에서 총을 꺼내고 있었다.

　일반인임을 감안하면 놀랍도록 의연한 판단력.

　다행히도 군인의 체중이 맞물린 탓에 현혜가 총을 꺼내기 전에 존이 현혜를 제압했다.

　"당신을 해칠 의사는 없습니다. 이런 돌발 행동만 하지 않는다면요."

존이 젠틀한 미소를 지었다.

주현혜와 윤별림.

두 인질을 확보한 후 반대편에 있는 캡슐을 통해 윤태양과 접촉하면 계획은 완벽하게 성사된다.

'물론 협상 과정이 더 중요하지만…….'

드르륵.

존이 미리 준비한 케이블타이를 통해 현혜의 두 팔을 결박했다.

"……당신!"

"끔찍한 경험이겠죠. 죄송합니다."

목소리가 단단하고 눈에 힘이 있다.

현혜는 존의 생각보다 훨씬 정신력이 강한 여성인 모양이었다.

"힘들게 하지는 않을 겁니다. 잠시 동안 제 통제를 따라 주시면……."

힐긋 캡슐을 바라본 존이 입을 다물었다.

"……!"

존이 다급하게 캡슐로 다가갔다.

"What the……."

분명 윤태양이 접속해 있어야 할 캡슐이 비어 있었다.

'한국 정부에서 윤태양의 위치를 옮겼어. 어떻게? 그와 관련된 보고는 하나도 없었는데?'

존은 거칠게 인상을 쓰며 이어폰에 손을 가져갔다.

"#C1, #C1, 긴급 상황이다."

그리고 그 순간 존의 등 뒤에서 목소리가 들려왔다.

"쉿."

어디선가 나타난·군인은 삽시간에 존의 오른팔을 붙잡았다.

약물을 투여해 반응 속도가 인간의 수준을 넘어선 존이었지만, 상대는 그 짧은 반응 시간도 허락하지 않았다.

"What?"

콰득.

군인은 존의 오른팔을 뒤틂과 동시에 반대 손에 든 권총의 방아쇠를 당겼다.

무심한 검은색 총구는 존의 오른 발등을 겨냥하고 있었다.

타앙!

군인은 망설이지 않고 왼쪽 허벅지에도 추가로 총알을 먹이고, 깔끔하게 존의 권총까지 회수했다.

"크으으으윽!"

존이 이를 악물며 군인을 바라봤다.

신원을 밝히기 싫은 건지, 혹은 다른 이유가 있어서인지 남성은 방독면을 착용하고 있었다.

이해할 수 없다.

FBI가 사전에 입수한 정보로는 다섯의 경비가 다였다.

이는 청와대, 대통령의 보고서에 올라간 내용이었다.

'이 남자는 도대체?'

존이 짧은 시간을 쪼개 상대방의 정체를 유추했다.

손을 섞은 시간을 짧았지만, 수준을 알아보는 건 어렵지 않았다. 현장에서 잔뼈가 굵은 존 본인을 이렇게 쉽게 무력화시킬 수 있는 사람이 흔할 리가 없으니까.

"Не волнуйся, что не знать — это естественно.(걱정 마, 모르는 게 당연해)"

"러시안?"

어느새 총을 놓은 남성이 존을 향해 크게 걸음을 밟았다.

약물을 투약한 존의 몸체가 총상을 입은 와중에도 기민하게 반응했다.

'그라운드로 풀어야 해.'

다리에 총상을 입었다.

스텝이 중요한 입식 타격으로 승부를 보면 가능성이 현저하게 낮다는 판단까지 마친 존은 이를 악물고 태클을 시도했다.

우드득.

파열된 오른 발등이 균형을 잡지 못했지만, 존은 오히려 의외성이 가미되어 좋다고 생각했다.

하나 남성은 당황하지 않고 허리를 뒤로 뺐다.

부정확한 그립조차 허용하지 않는 완벽한 대처였다.

'태클 대처가 무슨……!'

존의 생각은 거기까지였다.

뻐억.

팔꿈치로 현직 FBI 요원의 후두부를 강타한 남성이 일어났다.

"흐윽……."

현혜가 저도 모르게 자리에 주저앉았다.

그 앞에서 요원이 방독면을 벗었다.

"твое тело в порядке? 크, 음. 괘, 괜찮아?"

남성이 짧은 스포츠머리를 벅벅 긁으며 코를 찡그렸다.

민학기 민정수석이 FBI의 이목을 피해 가며 현혜에게 붙인 호위.

러시아 남자.

킹 오브 피스트 월드랭킹 2위, 아이작 아킨페프였다.

⁂

한국 정부는 상황을 가감 없이 발표했다.

태양의 방송에도 등장한 전적이 있는 연방수사국의 선임 특별 수사관 존 애드거 호프가 태양의 자택에 침입을 시도하다가 실패했다고.

또한 대통령 구영호는 기자회견을 열어 세계에 천명했다.

─대한민국 정부는 윤태양의 자유의지를 존중합니다. 차원

미궁에 갇힌 3억 인류의 귀환은 누구도 막을 수 없습니다. 이건 세계 인권 선언과 대한민국 헌법에 의거한 결정입니다. 대한민국 정부는 국가의 위신을 걸고 시민 윤태양을 향한 적대 행위를 막아 낼 것을 약속합니다.

발표 이후, 당연히 정부는 거센 반발에 직면했다.

불안에 떠는 한국 국민을 이용한 야권 일부 세력과 미디어의 압박은 당연했고, 미국과 인접한 두 나라, 중국과 일본도 한국의 독단적인 결단에 불만을 표했다.

겉으로는 본인들 역시 피해의 주체이기 때문에 같이 결정해야 한다고 이야기하지만, 속내는 뻔했다.

윤태양의 지구 귀환에 개입하고 싶은 거다.

하나 한국은 타국의 압박에 일절 반응하지 않는 완고한 태도를 보였다.

태양은 현혜에게 상황을 전해 듣고는 기함했다.

"암살? 미친…… 괜찮은 거야?"

─응. 군경분들이 많이 도와주셨어. 그리고 아이작도.

태양이 한숨을 내쉬었다.

목소리는 의연했지만, 어렸을 적부터 같이 지내 온 태양은 목소리 안에 담긴 불안이 읽혔다.

"쉬어야 하는 거 아니야?"

"아냐, 아냐. 괜찮아."

태양의 걱정이 길어질 거라 짐작했는지 현혜가 말을 돌렸다.

"그나저나, 아이작이 왔다니까?"

"아이작? 아이작이 갑자기 왜?"

—씨X! 오랜만이다. 윤태양.

자동 통역된 거친 러시아어 말씨.

아이작이 분명했다.

"뭐야. 너 내 집에 있는 거야?"

—잠깐 와 있다. 너희 프레지던트의 긴밀한 부탁으로 왔지.

"잠깐. 그럼 너랑 현혜 둘이 있는 거야?"

—흐흐흐. 어떨 것 같나?

—뭔 소리야! 다른 분들도 같이 있거든?

여차저차 설명을 들은 태양이 안도의 한숨을 내쉬었다.

"잘 해결됐다니 다행이네."

—응. 하아. 솔직히 불안해.

"언제 또 다른 나라가 들어올지 모르니까."

—군경분들이 여전히 수고해 주고 계시긴 한데 아무래도…… 사람 마음이 그렇다 보니까.

채팅 창이 좌라락 내려갔다.

—미국도…?

—이거 완전히 미친놈들 아니야.

—이번 일은 거의 뭐 선전포고한 거 아님?

—아니지;; 선전포고도 없이 들어온 거지.

—무슨 무슨 국제법으로 제재할 수 없나?

—미국은 원래 그런 제재 들어먹은 적 없음.

—아쉽다. 성공했어야 했는데.

—한국 정부가 웬일로 할 일을 했네.

—하는 일이 있었네.

—누구 막았다는 뉴스 다 구라인 줄 알았는데.

—뭔 구라야 ㅋㅋ 서울 한복판에서 총소리 존나 나는데.

—ㄷㄷ 할 땐 하네.

—요즘 미국 중국 일본 한 마음 돼서 한국 압박 ㅈㄴ 하던데
——.

—ㄹㅇ 걔네 때문에 서울 땅값 폭락함.

채팅 창을 본 태양이 입술을 깨물었다.

현재 태양과 현혜에겐 지구에서의 움직임에 대응할 방법이
없었다.

"조금만 기다려. 빨리…… 갈게."

—응. 급하게 하다가 괜히 그르치면 그것도 문제지만…….

그때, 굵직한 목소리가 태양을 불렀다.

"여어."

용왕, 발락이었다.

"마왕을 사냥할 준비는 됐나?"

바르바토스

발락과 계약을 체결하고 난 후 약 2주의 시간이 흘렀다.

2주의 시간 동안 발락의 용 군단은 60층을 점령했다.

지금 당장이라도 50층 이하는 점령할 수 있다는 발락의 발언은 거짓이 아니었던 셈이다.

본래 점유하고 있던 3개의 층을 떼어 놓고 보더라도 57개의 층.

규모가 작다고는 하나 엄연히 층 하나하나는 엄연히 하나의 차원이었다. 거기에 초월자인 마왕이 필멸자를 시험하기 위해 공을 들이기까지 한.

초월자인 발락이 움직이지도 않고, 오직 필멸자 집단만으로 이룬 성과임을 생각하면 정말 놀라운 일이었다.

2차 서열 전쟁 이후, 다른 대부분 마왕은 뿔뿔이 흩어졌다.

72 마왕 중 서열 전쟁이 일어난 동시에 미련 없이 떠난 마왕이 절반 이상이고, 나머지의 절반은 바알의 사망과 동시에 떠났다.

이들은 차원 미궁 프로젝트가 더 이상 진행될 수 없음을 깨달았기 때문에 떠났다.

남은 마왕은 4분의 1.

그 나머지의 절반은 2차 서열 전쟁에서 죽었다.

단탈리안과 바르바토스, 발락을 포함해 남은 마왕은 9명이었다.

차원 미궁에 투자한 것이 너무 많은, 거대 차원에 미련이 남은, 혹은 무력에 자신이 있는 마왕들.

간절하거나, 강한 마왕만이 차원 미궁에 남았다.

이들이 떠나지 않은 근거는 명확했다.

차원 미궁은 곧 갈라지겠지만 바알이 남겨 둔 72층의 마법진과 플레이어는 여전히 남아 있었다.

마지막으로 남은 마왕들은 바알의 마지막 유산인 거대 차원을 독차지하려는 야망으로 다시 한번 야합하거나 홀로 움직이고 있었다.

그리고 남아 있는 마왕 중 가장 큰 집단이 바로 바르바토스와 다섯 마왕이었다.

68층, 바르바토스와 마왕들이 모여 있는 '마왕성' 스테이지의 까마득한 상공.

발락은 등에서 본체의 날개를 뽑아내 하늘을 유영했다.

"안개가 짙구먼."

"덕분에 은폐가 되는군."

"답답해."

"여기가 강하하기 최적의 위치야."

기실, 안개보다는 구름이 더 올바른 표현이었다.

현재 발락이 떠 있는 장소는 땅보다 우주에 더 가까울 정도로 높이였기 때문이다.

후웅―.

가벼운 바람에 구름이 스러졌다.

시야가 트이자 발락이 지상을 향해 손가락질을 했다.

"저기가 바르바토스의 마왕성이다."

"작네."

"가까이 가서 보면 클 거다. 바르바토스는 허영심이 용만큼 이나 많은 자다."

초월자의 기준에서도 크고 화려하게 지은 바르바토스의 마왕 성은 손톱 때처럼 작아 보였다.

발락의 커다란 날개 위에 앉은 태양이 물었다.

"그나저나 72층이 걱정되네. 단탈리안이 몰래 다른 플레이어 를 납치해서 마법진을 가동하면 어떡하지?"

"괜한 걱정이다."

72층의 차원 사출 마법진은 대상을 강제로 고향 차원으로 이송시키는 대신 영혼에 막대한 부담을 준다.

"현시점에서 부담을 확정적으로 견딜 수 있는 플레이어는 둘뿐이었다."

"나랑 란."

"그래. 너와 그 풍술사 계집."

차원 사출 마법진의 사출 '확정' 성공 기준이 바로 초월자였다. 더 낮은 수준의 영혼도 마법진의 압박을 감당할 수 있을지 모르지만, 사례가 없다.

애초에 차원 미궁 자체가 갓 태어난 반쪽짜리 초월자를 만들어 내는 시스템이다.

"그래도 불안하네. 상대가 단탈리안이잖아. 갑자기 어디서 또 초월자를 만들어 올 겁나는 거지."

"글쎄. 놈은 너에게 신성을 떼어 줬고, 다른 마왕은 차원 미궁을 모두 떠났다. 하고 싶어도…… 남는 신성 자원이 없을 거다."

무에서 유를 창조하는 건 초월자에게도 불가능한 일이다.

발락이 피식 웃었다.

"내 생각에 지금쯤이면 단탈리안은 눈치를 보느라 정신이 없을 거야. 그렇지 않나?"

"음. 하긴. 몸이 근질근질할 거야. 상황을 안 다면 말이지."

바르바토스는 거처에서 움직이지 않았다.

위치를 확정하고, 움직임을 관측하였으니 바르바토스에게는 태양의 정보가 전달되지 않았을 터다.

하나 단탈리안은 자유롭다.

차원 미궁을 들어오는 통로는 그레모리 쪽에서 틀어막아 줬으니.

"차원 쉼터에 들어오고 싶어서 근질근질하겠지?"

"그래. 하지만 그레모리가 일을 생각보다 너무 잘해 준 덕분에……."

발락과 태양이 동시에 씨익 웃었다.

"단탈리안이 '함정'을 걸려 줄까?"

"내가 단탈리안 입장이라면 걸려 줬을 거다. 의도를 알고 봐도 매력적인 선택지니까. 그렇지만 방심해서는 안 된다."

"알아. 상대는 단탈리안이니까."

아마도 전 차원을 통틀어 뒤통수치기 분야에 관해선 가장 탁월한 존재다.

"그래도 걸려 주면 좋을 텐데 말이지."

"다른 이야기는 그만하지. 아이들이 움직이기 시작했다."

발락이 지상을 내려다보았다.

손톱만 한 바르바토스의 거처 주변으로 새까만 모래 알갱이들이 모여들고 있었다.

모래알갱이.

발락의 용 군단들이었다.

바르바토스가 신경질적으로 중얼거렸다.

"단탈리안의 수작질이 분명해."

그에 제30계위 마왕, 포르네우스가 고개를 주억거렸다.

"그사이에 발락까지 편으로 끌어들이다니. 언제 접촉했지?"

다른 마왕들이 떠들어 댔다.

"2주는 길었다. 오히려 우리가 먼저 움직였어야 해."

"어떻게 발락을 섭외했지? 용족의 부흥밖에 모르는 외골수를?"

"……섭외했으니까 단탈리안이라고 보는 게 올바르지 않겠나."

"그거, 참 맞는 말이군."

제49계위 마왕, 크로셀이 딴지를 걸었다.

"단탈리안이 맞기는 해? 다른 녀석 아니고?"

"다른 녀석? 단탈리안과 발락 말고 우리한테 적대할 초월자가 또 있나? 아가레스도 손을 뗀 판에?"

"윤태양도 있긴 하지."

"음…… 윤태양? 확실히 그렇군. 놈도 역시 72층을 노릴 테니 우리가 위협적으로 보일 수 있지. 발락이 우리를 잡기 위해 윤태양과 손을 잡았을 가능성도 있고."

바르바토스가 고개를 끄덕였다.

"윤태양. 연식은 보잘것없지만 얕볼 녀석은 아니야. 그나저나 의외군. 발락은 그에게 자존심을 제대로 긁히고 권능까지 빼앗기지 않았나?"

권능을 탈취당하는 것.

초월자인 동시에 한 세계의 왕인 발락이 견디기엔 가혹한 수모였다.

심지어 빼앗긴 권능이 다른 권능도 아니고 시그니처 권능이니 감정의 등락은 더욱 컸을 터다.

"오히려 그러니까 윤태양의 능력을 고평가할 수 있었겠지."

"하긴. 윤태양을 가장 잘 파악하고 있는 건 오히려 발락일지도 모르겠어."

포르네우스가 의견을 정리했다.

"적은 발락. 거기에 더해 단탈리안 혹은 윤태양이겠군. 윤태양과 단탈리안은 양립할 수 없으니 둘 중 하나겠고…… 물량은 많지만 결국 초월자는 둘인가?"

"최악의 경우를 생각해도 초월자는 셋. 다섯은 절대로 안 된다."

이쪽은 초월자 다섯, 저쪽은 필멸자 한 무더기에 초월자 둘. 혹은 셋.

바르바토스가 샷건에 총알을 장전하며 중얼거렸다.

"내가 중앙에서 보조하지. 아직 발락의 모습이 보이지 않으니, 떨거지부터 쓸어내자고."

"……."

"……."

마왕들은 움직이지 않았다.

바르바토스 일행의 신뢰는 얼음장 위의 코끼리와 같았다.

그들의 구심점은 바르바토스였다.

70층에서 바르바토스가 단탈리안을 놓치는 순간 그들 사이의 믿음은 깨졌다.

"젠장. 신성을 걸고 반드시 돕지. 됐나?"

그제야 마왕들이 움직였다.

"위험해지면 언제든 중앙으로 모이지."

"확인. 나는 남쪽 방면을 맡겠다."

바르바토스가 작게 웃었다.

'발락. 시점은 좋았네.'

시점은 좋았다.

바르바토스 일행이 움직이기 전에 주도권을 잡은 거니.

만약 여섯 마왕이 먼저 움직였다면 발락의 용 군단의 피해는 산정할 수 없을 정도로 처참했을 것이다.

'그런데 시점만 좋았어. 시점만.'

전제부터 잘못됐다.

아니, 발락의 방식 자체가 잘못됐다.

초월자를 잡으려면 필멸자를 성장시키는 게 아니라 초월자를 섭외하는 게 나았다.

아무리 많은 숫자라도 압도적인 격의 차이 앞에서는 의미가
없어진다.

물론 발락도 무언가 노림수를 준비해 왔을 터다.

하지만 두렵지 않았다.

저쪽에서 먼저 바르바토스의 영역에 들어온 이상, 어떤 노림
수라도 '사냥꾼' 바르바토스가 준비한 함정보다 더 위력적일 수
는 없었다.

꽃무늬

숫자 여섯.

100만 단위로 움직이는 용 군단에 비하면 초라하기 짝이 없
는 숫자다.

하지만 용 군단은 단 여섯에 온 신경을 기울였다.

고작 여섯.

하지만 앞에 초월자라는 접두사를 붙이면 의미는 달라진다.

백만, 천만. 혹은 억 단위의 생명체가 있어도 초월자 여섯에
게는 안 된다.

그들 앞에서 필멸자가 선택할 수 있는 선택지는 오직 후퇴뿐
이다.

보랏빛 피부를 가진 여성 용인, 하늘 군단의 군단장.

폴리게르 마이송이 그들에게 다가와 건조한 말투로 중얼거

렸다.

"물론 철수는 군주께서 바라는 바가 아닙니다. 군주께선 마왕성의 초월자 군집을 와해시키기를 원하십니다."

란이 고개를 끄덕였다.

"그래서 선택한 방법이 바로 바르바토스의 암살이죠."

"맞습니다. 마왕 바르바토스만 죽이면 나머지 다섯 마왕은 알아서 와해될 것입니다. 우리가 할 일은 군주께서 바르바토스를 암살할 틈을 만들어 내는 것입니다."

용 군단은 육, 해, 공 모든 병력을 총 동원하여 바르바토스의 마왕성을 전방위적으로 압박하고 있었다.

"당신들은 하늘 군단의 특별조에 편입되어 마왕과 맞닿는 전장에 섭니다. 지휘는 제가 할 예정입니다. 혹시 불만이 있는 사람 있습니까?"

폴리게르 마이송이 플레이어를 바라봤다.

그녀 앞에 선 플레이어는 다섯이었다.

란과 유리 막시모프.

살로몬과 카인.

그리고 일전의 바알 사냥에는 참여하지 않았던 플레이어, 안드라스의 후원자 미네르바까지.

미네르바는 메시아의 죽음 이후 일행의 전력을 보충할 필요가 있을 것 같다며 자진해서 들어왔다.

본래 플레이어들은 태양과 같이 움직일 예정이었으나 계획을 수립하는 과정에서 따로 움직이는 게 낫다는 의견 합의가 있었다.

'바르바토스를 죽이려면 오히려 이쪽에 힘이 실려야 해.'

개인마다 편차가 있다고는 하나, 그 하나하나가 마음만 먹으면 차원 단위로 일을 벌일 수 있는 존재가 바로 초월자다.

아무리 발락과 태양이라 한들 그런 초월자들 한복판에 들키지 않고 잠입할 수 있을 리가 없다.

그에 용 군단은 초월자에 근접한 이들을 꾸려 마왕들을 방해할 특별조를 만들었다.

"우리의 목적은 다섯 마왕에게서 바르바토스를 일시적으로 고립시키는 것입니다. 바르바토스는 이름난 사냥꾼이자 명궁입니다. 용 군단이 마왕성을 둘러쌌을 때 바르바토스는 중앙에서 다른 마왕들의 백업을 맡을 겁니다."

카인이 되물었다.

"그럼 우리는 전방에서 마왕들을 붙잡고 있는 겁니까?"

"정확합니다. 군주께서 바르바토스와 전투할 동안 저희는 다섯 마왕을 필사적으로 붙잡아야 합니다. 오래 붙잡을수록 작전의 성공률이 높아지겠죠."

폴리게르 마이송은 그 뒤로도 한참이나 작전을 설명했다.

아군의 능력치, 전술의 활용처, 상황에 따른 대처, 비상 시 대처 요령까지.

거의 1시간에 가까운 시간 동안 그녀는 한 번도 쉼 없이 입을 놀렸다.

"……여기까지입니다. 정확히 숙지하셨는지."

"네."

"그럼 출격하겠습니다. 혹시 숙지하지 못했으면 지금 말씀하시길."

폴리게르 마이송의 파충류 눈이 플레이어들을 훑었다.

"전장에서 역할에 반하는 행동을 할 경우, 적으로 규정하고 처단할 것입니다."

펄럭.

폴리게르 마이송의 등에서 커다란 날개가 튀어나왔다.

그에 옆에서 그녀를 지켜보던 커다란 용이 물었다.

"시작합니까?"

"그래."

커다란 용, 베가르는 이번 전투에서 폴리게르 마이송 대신 전투 지휘를 맡을 사령관이었다.

투웅.

베가르가 허공으로 날아올랐다.

동시에 용 군단의 함성이 사위를 휩쓸기 시작했다.

"그럼."

폴리게르 마이송이 먼저 하늘로 솟구치고, 란 역시 부채를 펴들었다.

한껏 담배 필터를 빨아들인 살로몬이 중얼거렸다.

"그럼, 가자고."

란은 단탈리안과의 전투를 더없이 끔찍한 경험으로 기억했다.

당시 태양 일행이 단탈리안과 마왕들을 상대로 살아나온 건 솔직히 기적이었다.

메시아가 죽긴 했지만, 냉정히 이야기하자면 메시아'만' 죽었다는 것에 안도의 한숨을 내뱉어야 할 지경이었다.

하나 단순히 힘들고 아팠기 때문에 끔찍하다고 생각한 것은 아니었다.

란은 전투에서 무력함을 뼈저리게 느꼈다.

풍술의 끝을 보고, 기어코 초월의 경지에 올랐다.

더 오를 곳이 없는 한 분야의 극점을 찍었다.

그런데 여전히 약하다.

받아들이기 힘든 현실이었다.

단탈리안, 바알, 바르바토스.

내노라하는 마왕들 앞에서 란은 아무것도 하지 못했다.

란은 타는 듯한 갈증을 느꼈다.

더 큰 힘을 향한 열망을 느꼈다.

허나, 해소할 방법이 보이지 않았다.

초월자들이 강해지는 방법은 필멸자들과 다르다.

신성, 권능.

이제 막 초월자가 된 란에게는 미지에 가까운 개념들.

란은 그것들에 대해 알고 싶었다.

전쟁 돌입 전, 통합 쉼터에서 란이 그레모리를 찾아간 건 이런 이유였다.

"권능을 얻는 것 말고 초월자들이 강해지는 방법은 없어요?"

"물론 있어요. 플레이어 윤태양이 지금 하고 있지 않나요? 다른 초월자의 신성을 얻어 융화하는 방법."

"……그것 말고는요?"

그레모리는 잠시 고민하고는 대답했다.

"다른 방법을 원하신다면…… 원론적인 방법이 있겠죠."

"원론적인 방법이요?"

"검을 더 잘 휘두르고 싶다면 당연히 검을 한 번이라도 더 많이 휘둘러야 하지 않겠어요?"

그레모리가 빙긋 웃었다.

"초월은 어떤 한계선을 벗어났을 때 일어나는 현상이에요."

"현상…….."

"네. 현상 초월한다고 평범한 인간이 용으로 변하지는 않아요. 검사는 초월하고 나서도 검을 휘두르고, 마법사는 여전히 마법을 탐구하죠. 흡혈귀는 여전히 피를 탐하고요. 본질은 바뀌지 않아요."

검사는 검을 수련하는 것으로, 마법사는 마법을 탐구하는 것으로 강해질 수 있다.

그레모리는 란이 은연중에 배제했던 방법을 꺼내 들었다.

"그럼 왜 초월자들은 신성, 권능을 모으는 거예요?"

"스스로 깨우치는 것보다 남의 것을 빼앗아서 이루는 게 더 빠르니까요."

결국 효율의 문제다.

초월은 극한을 의미한다.

극한에 다다랐다는 건 다른 말로 끝과 한없이 가까워졌다는 뜻이다.

일반인끼리 100m 달리기를 하면 어떨까.

1초, 2초. 심하면 10초가 넘는 시간차가 벌어진다.

허나 올림픽에 나선 선수들이 뛰면 이야기는 달라진다.

0.1초, 0.01초 단위로 승패가 갈린다.

세상은 어떻게 보면 게임과 그다지 다르지 않다.

이룬 경지가 높을수록, 즉 레벨이 높을수록 시간 대비 성장 기댓값은 낮아진다.

"필멸자 시절에는 하나만 우직하게 파는 것도 경쟁력이 있었죠. 실제로 스스로 경지에 이른 초월자 대부분이 그런 방식을 통해 초월해요. 하지만 막상 초월자에 진입하면 이야기가 달라지죠. 신성과 권능이라는 새로운 성장 방법이 있으니까."

신성도 그렇지만, 권능은 벽이 가로막힌 초월자들의 성장 기댓값을 폭발적으로 높여 줬다.

"결국 그러면……."

"아뇨. 뭐가 더 나은 방법인지는 몰라요. 효율의 문제일 뿐. 다른 이들이 선택한 방법을 꼭 따라갈 필요 없어요. 이건 방법론에 불과해요."

"방법론이요?"

"효율을 따진다는 것부터가 그렇잖아요? 모든 초월자가 저처럼 생각하지는 않아요. 어떤 이들은 그들이 초월에 이른 방식 그대로, 한 우물만 파는 게 정답이라고 생각하기도 한답니다."

"……하지만 다른 마왕들도 모두 권능과 신성을 채집하는 방식으로 성장을 도모하지 않나요?"

플레이어 란은 그렇게 생각할 수도 있겠네요. 권능을 탐하는 초월자밖에 보지 못했으니까요. 그런데 사실 그건 다른 이유가 있어요."

답은 간단했다.

"마왕이라는 집단이 그런 것뿐이랍니다."

한 우물만 파는 초월자들도 많다.

그리고 그런 초월자가 마왕들에 비해 약하냐면 그건 또 아니다.

다만, 바알이 시작한 거대 차원 침략 프로젝트에 모인 72명의 마왕은 방법론의 측면에서 공감대가 있었던 거다.

"뭐, 바알은 조금 다르게 생각하고 있었던 것 같지만요."

신컨의
원코인
클리어

그레모리는 란의 어깨를 가볍게 두드려 그녀를 격려했다.

"정답은 따로 있지 않아요. 먼저 산을 오른 등정자가 밟은 길만이 등산로가 아니니까요."

"아······."

그레모리가 일러 준 사실은 딱히 엄청난 비밀이 아니었다.

아니, 오히려 물체는 위에서 아래로 떨어지고, 사람은 숨을 쉬어야 살 수 있다는 수준의 당연한 이야기였다.

사실, 란도 모르지는 않았다.

부족한 시간.

절박한 마음.

여러 가지 요소가 그녀의 시야를 좁혔을 뿐이었다.

그레모리의 원론적인 대답은 란에게는 답이 되었다.

란은 그녀가 헤쳐 왔던 방식으로 답을 찾았다.

반추.

경험을 되짚고, 배움을 되짚고, 더 나아가서 스스로를 되짚었다. 그리고 그 안에서, 란은 한 가지 영감을 잡아냈다.

'단탈리안의 초거대 마법.'

마법과 마법을 쌓아서 새로운 마법을 쌓아 내는 새로운 패러다임.

심지어 권능마저도 재료로 삼는다.

전장에서 구현해 낸 초거대 마법은 이론만으로는 성립하지 않는 것이었다.

수백만 번의 실험.

그리고 미지의 길을 개척해 내는 감각 혹은 무한에 가까운 시간이 없다면 벌일 수 없는 짓.

"그리고 자신이 가진 모든 요소를 활용하는 방법이지."

란은 반쪽짜리 초월자였다.

초월자가 되었지만, 권능은 풍술 하나뿐.

태양에게서 비롯한 신성은 다른 이들에 비하면 볼품없었다.

그래서.

어떻게든 일 인분을 가진 모든 것을 활용해야 했다.

단탈리안의 초거대 마법은 매력적인 방법이었다.

물론, 란은 단탈리안처럼 수천 개의 마법을 갖지 못했다.

수백 개의 차원을 돌아다니며 교차 검증한 마법 이론도.

살아온 시간도, 권능도.

단탈리안에 비교하면 부족한 것투성이였다.

하지만 부족한 대로 따라 할 수 있었다.

차원 미궁이 준 스킬.

아티팩트.

풍술.

마법이 아니어도, 사용할 재료는 많았으니까.

무엇보다, 모든 걸 하나로 엮을 발상만큼은 란의 머릿속에 있었다.

크콰라라라라라락!

크롸라라라라라!

크롸라라라라!

발락의 용 군단이 용맹하게 달려드는 틈바구니 사이에서 란이 차분하게 부채를 흔들었다.

이산(移山)의 술(術).

윈드 크래프트(Wind Craft).

괴력난신(怪力亂神) - 열풍(裂風).

란의 수족과 같은 바람이 움직인다.

고작 전장에 국한되는 규모가 아니다.

란의 바람은 '마왕성' 스테이지 전체를 뒤덮었다.

키이이잉-.

풍술이 작동한다.

신성이 진동한다.

란의 정신이 한 차원 높은 곳으로 도약했다.

바람이 닿는 모든 정보를 취합했다.

어느 곳은 뜨겁게, 어느 곳은 차갑게.

콜 : 아이스 필드(Call : Ice Field).

콜 : 라이트닝(Call : Lightning).

단순한 가열과 냉각.

차원 단위로 이루어지는 인위적인 기후 조작.

행성에 열 불균형 현상이 돋아난다.

키이이이잉-.

신성이 진동한다.

필멸자 시절이었으면 꿈도 꾸지 못했을 거대한 규모의 기가 하늘을 무대 삼아 거칠게 약동했다.

풍술을 기반으로 한 스킬과 기술의 조합.

과정에서 들어가는 기술의 양은 단탈리안의 정교한 초거대 마법진에 비하면 새 발의 피다.

하지만 모로 가도 서울만 가도 되는 법이라 했다.

란이 만들어 낸 마법의 규모와 질은 단탈리안의 초거대 마법과 어깨를 나란히 할 만했다.

비술(祕術) - 천재일우(千載一遇).

콰아아아아아아아아-.

행성의 모든 기후를 조작해 만들어 낸 대류 현상이 한 점으로 모인다.

태풍(颱風).

란식(Lan式) 초거대풍술(超巨大風術), 태풍.

콰드드드드드드!

바르바토스의 마왕성이, 기둥부터 흔들리기 시작했다.

"단탈리안!"
"단탈리안이었나!"

마왕들은 처음에는 그렇게 생각했다.

마법과 마법을 이어 붙여 더 커다란 마법을 만들어 내는 방법은 단탈리안의 전유물이었으니까.

허나 곧 깨달았다.

"단탈리안이 아니군."

쌓아 가는 과정이 단탈리안의 것이라 말하기엔 턱없이 미숙했다.

단탈리안의 특기인 마법은 거의 사용되지 않았으며 마나에 베인 신성이 옅었다. 그리고 결정적으로, 초거대 마법을 쌓아가는 과정에서 사용되는 기술들이 눈에 익었다.

베이스가 되는 바람 주술은 모르나, 사이사이에 섞여 있는 아티팩트와 스킬들.

크로셀이 눈을 번뜩였다.

"새로운 초월자가 있었어."

크로셀만 눈치챈 건 아니었다.

제30계위 마왕 포르네우스도, 바르바토스도.

나머지 세 마왕도.

동시에 알아챘다.

"새로운 신성……!"

"플레이어 출신의 새로운 초월자!"

바르바토스가 저번 전장을 되짚었다.

단탈리안과 윤태양.

그들 사이에 껴 있던 여성 플레이어 하나.

초월자 둘이 전력으로 쫓고 쫓기던 추격전을 같이 치른, 또 하나의 초월자.

존재감 없고, 당시에는 상황이 급박하여 신경 쓰지 못했던 전력.

"발락이 윤태양 일행과 손을 잡았다."

발락의 그림이 확연히 드러난다.

"초월자 셋에 조무래기 뭉치. 여전히 오만하지만……."

이제 어느 정도 균형추가 맞는다.

물론 여전히 용 군단은 불나방처럼 죽어가고 있었다.

산술적으로도 바르바토스와 마왕들이 유리했다.

하지만 저쪽의 의도대로 상황이 끌려가고 있다는 사실은 확실히 불편했다.

지금만 봐도, 새로 등장한 초월자에게 마왕들의 시선이 쏠렸다.

"새로운 신성!"

"크로셀! 저건 내가 막겠다!"

근접한 두 마왕이 눈을 뒤집고 란에게 달려들었다.

적의 수작일지도 모른다는 사실을 알면서도, 둘의 움직임은 사뭇 저돌적이었다.

차원 미궁에 묶여 그동안 본 신성, 권능의 손실.

그 일부라도 그동안 본 손해를 메꿀 수 있다는 생각에 피해

신킨의
원코의
클리어

를 감수하는 거다.

규모 작은 신성이라지만, 먹으면 조금이라도 배가 부르다는 사실은 부정할 수 없다.

권능도 하나라지만, 그게 어디인가.

가장 먼저 풍술사를 향해 달려든 건 가까운 지형에 있던 포르네우스였다.

포르네우스가 신성을 독차지할지도 모른다는 판단과 동시에 크로셀이 뛰어들고, 상대적으로 거리가 먼 제26계위 마왕 부네와 제55계위 마왕 오로바스도 눈치를 봤다.

그나마 조용한 건 아예 정 반대편에 있던 제36계위 마왕 스콜라스뿐이었다.

"이봐 포르네우스! 혼자 가는 건 위험해! 윤태양이 있을지도 모른다!"

"아니, 혼자로도 괜찮다!"

"젠장! 신성을 나누는 건 어때?"

"이제 막 개화한 신성을 어떻게 나눠 먹나? 먼저 먹은 놈이 임자지!"

크로셀과 포르네우스는 서로를 견제하기까지 했다.

콰드드드드드!

단탈리안이 만들어낸 마법 앞에선 꼼짝하지 않던 마왕들.

포르네우스와 크로셀은 신성을 끌어 올린 채 서슴없이 란의 태풍 안으로 몸을 던졌다.

전장에 남은 나머지 네 마왕은 고려하지 않는 이기적인 행동.

그들 사이의 깨진 신뢰가 여지없이 드러났다.

하, 바르바토스가 저도 모르게 헛웃음을 내뱉었다.

그와 동시에 하늘에서 커다란 존재감이 엄습했다.

초월자들 사이에서도 무식한 마나 보유량으로 회자되곤 하는 존재.

용왕 발락이었다.

발락과 태양이 떠 있던 상공에도 거친 바람이 불어 닥쳤다.

발락이 세 글자로 란의 태풍을 평가했다.

"놀랍군."

위력이야 둘째 치고, 행성 전체에 영향을 줄 정도로 대규모 기술은 흔치 않다.

란이 일으킨 태풍은 확실히 초월자의 격에 걸맞은 기술이었다.

란의 태풍은 마왕 성을 반파시킨 것뿐 아니라 행성의 지형 자체를 아예 뒤바꿨다.

만약 '마왕 성' 스테이지에 지도가 있었다면, 란의 이번 일격은 그 지도를 무용지물로 만들었을 정도였다.

―장관이네.

―멋있긴 하다.

―여기서 윤태양 뒤지면 베스트.

-개소리 좀 ㄴ.

-아, 근데 마왕 두 명밖에 란한테 안 가네. 이럼 힘들어지는데.

-좋지 뭐.

-차라리 이 편이 다행이지.

-왜 다행임?

-윤태양 목숨보단 란 목숨이 중요하니까.

-인정 ㅋㅋ.

-ㄹㅇㅋㅋ.

태양이 대충 채팅 창을 치우며 생각했다.

'위력은 아쉬워. 초월자에게 피해를 주기엔 부족하니까. 하지만…… 의미는 있다.'

바르바토스는 사냥꾼이다.

사냥꾼의 특징.

추적, 암습.

그리고 덫.

마왕 성에는 바르바토스의 함정이 곳곳에 도사리고 있었을 게 분명했다.

발락을 상대하기 위해 만든 함정도 있을 것이고, 훗날 올라올 플레이어에 대비해 만들어 놓은 함정도 있었겠지.

란의 태풍이 성을 반파시키면서 함정의 개수를 유의미하게 줄였을 거다.

적어도 눈으로 보기엔 그럴 것 같았다.

"이봐, 발락."

"그래."

초월자 둘이 란에게 달려들고 있었다.

예상한 전황 그대로였다.

말하자면 란은 미끼다.

"그래도 다행이야."

셋 이상이 모이면 플레이어들에게 가중되는 부담이 너무 많은 게 아닐까 걱정했는데.

보기엔 두 명의 마왕만 란에게 달려드는 듯 했다.

물론, 란에게 모인 마왕이 적은 만큼 반동도 있다.

"발락, 너는 괜찮겠어? 저쪽이 적게 맡으면 발락 네가 힘들어지는 거잖아."

"이게 오히려 낫다."

발락이 고개를 주억거렸다.

태양만 플레이어들을 생각하는 게 아니다.

발락 역시 제 용 군단을 생각했다.

그렇기에 발락은 본인에게 가중된 무기가 오히려 기꺼웠다.

"그럼."

폴리모프.

마나 유동을 느낀 태양이 발락의 날개를 박차고 뛰어올랐다.

신전의
원코인
클리어

후웅.

거대한 마나 유동이 태양의 몸을 더욱 밀어 올렸다.

−오우.

−간지;

−와.

흑요석을 닮은 비늘.

파충류의 피막이 이보다 더 우아할 수가 없다.

매혹적인 곡선을 그리는 날개와 몸체.

비늘 곳곳에 난 흉터는 질서 속의 무질서가 되어 아름다움으로 화한다.

발락의 본체는 거대한 덩치에 걸맞지 않은 아름다움이 있었다.

"웃차."

태양의 발락에 등에 오르는 동시에 발락이 거대한 동체를 뒤집었다.

동시에 거대한 날개를 접었다.

−꽉 잡아라.

공기 저항을 최대한으로 줄인 발락의 몸체가 빠른 속도로 강하하기 시작했다.

시야에 들어오는 모든 물체가 늘어났다.

전투 직전.

태양은 강하하는 와중에 침착하게 몸 상태를 관조했다.

말하자면 전투에 들어가기 전 간단하게 하는 정비다.

우선 바알의 신성 융화의 진행 정도.

무쌍은 소화하지 못했다.

하지만 다른 두 권능, 사건의 지평선과 폭발적 팽창은 소화하는 데 성공했다.

물론 겉핥기 수준이다.

사용할 수는 있지만 숙련도가 없으니 실전에서 사용하는 건 도박성이 짙은 수가 될 거다.

'어지간하면 활용해 봤을 텐데.'

태양이 속으로 입맛을 다셨다.

바알의 전투 방식은 대충 따라할 수 있는 종류가 아니었다.

존재를 유(有)와 무(無)의 경계에 걸쳐 놓고 전투를 치른다.

게임으로 치자면 체력 0과 1을 아슬아슬하게 넘나드는 거다.

권능을 극한으로 활용할 정도의 숙련도를 쌓지 못했다면 당연히 엄두도 내지 못했다.

이제 막 권능의 사용법을 깨달아 가는 태양에게 바알의 전투 방식 활용은 솔직히 요원했다.

'급하게 생각하지 말자. 권능에 관해서는 이제야 막 감을 잡아가는 단계야.'

권능 2개가 태양의 신성에 녹이면서 태양의 신성은 충분히 성장했다.

솔직히, 그것으로 족했다.

"훗."

태양이 저도 모르게 웃었다.

단탈리안의 가슴을 단숨에 꿰뚫은 호쾌한 화살이 뇌리에 스
쳤다.

얼마나 강할까.

또, 이 녀석을 죽이고 얻은 권능은 얼마나 좋을까.

두근ㅡ. 심장이 뛴다.

전투는 힘들게 분명했다.

그런데 기대된다.

패배할 거라는 생각이 들지 않았다.

상황이 받쳐 줬다지만 바알 역시 결국엔 태양이 죽였다.

바알의 방법이 절대는 아니다.

그리고 태양은 태양 스스로의 방법으로 이미 성공했고.

'바르바토스, 너는 어떨까.'

❧

바르바토스는 차분하게 상공을 관찰했다.

그의 마왕 성을 향해 강하하는 발락.

그 모습은 마치 유성과 같았다.

"여전하군."

72마왕 사이에서 발락의 별명은 여러 가지였다.

용왕, 폭군, 전쟁중독자, 전투광, 그리고 괴수.

바르바토스는 발락만큼 괴수라는 별명이 잘 어울리는 존재를 보지 못했다.

초월에 이른 마왕들조차 허를 내두를 정도로 강력한 신체.

무식하게 많은 마나.

그리고 일단 상황에 돌입하면 앞뒤 가리지 않고 덤벼드는 흉포한 전투 스타일.

전장에서의 발락은 마치 초월의 경지에 오른 짐승과 같았다.

제 영역을 침범하면 미친 듯이 물어뜯지만, 그 영역을 침범하지만 않으면 먼저 달려들지는 않는 짐승.

강하하는 발락에게서 마치 태양처럼 이글거리는 에너지가 느껴진다.

초월자라도 침을 삼킬 수밖에 없을 정도로 압도적인 질량.

철컥.

초록빛의 사냥꾼, 바르바토스가 산탄총을 집어 들었다.

단탈리안을 상대할 땐 활이 효율적이었지만, 상대가 괴수라면 이쪽이 나은 선택지였다.

'잡을 수 있나.'

계위로는 바르바토스가 한참이나 우위에 있으나 그뿐.

계위는 전투력을 완벽히 계량하는 척도가 아니었다.

신전의
원코인
클리어

애초에 서열 전쟁은 바알이 나머지 마왕들을 자극하기 위해 만든 판이었다.

'그저' 자존심 싸움.

당장 단탈리안만 봐도 그랬다.

목숨을 걸고 낸 결판이었다면 단탈리안이 71위에 자리할 리가 없지 않은가.

발락 역시 그 과정에서 저평가된 마왕이다.

그 사실을 명확히 인지하고 있지 않으면 삽시간에 죽어 나간다.

'하지만…… 그걸 감안해도 발락은 나쁘지 않은 상대지.'

발락은 애초에 바르바토스와 상성이 좋다.

바르바토스가 아직 인간 사냥꾼이던 시절, 사냥꾼이 거머쥘 수 있는 최고 영예는 바로 용 사냥꾼이었다.

당연히 발락 역시 용을 사냥한 전적이 있었다.

용 전용 병기와 독, 함정을 수두룩하게 알았다.

당장 바르바토스의 아공간에도 용 비늘 파괴자, 고압마나 분쇄탄, 드래곤 슬레이어와 같은 무구가 수두룩했다.

철컥.

산탄총 노리쇠가 바르바토스의 신성을 머금고 후퇴한다.

총알을 한 발씩 직접 넣어 줘야 하는 관형탄창식 산탄총.

차원 5개를 먹어 치운 괴수 움프라의 뇌를 곤죽으로 만들며 권능의 위에 오른 '유피넬 37식'이다.

전승으로 권능화된 종류의 구식 무기.

바르바토스는 숙련된 동작으로 급탄을 마친 후 발락을 향해 총구를 조준했다.

스읍─.

호흡을 멈춘 바르바토스의 손끝.

총구는 일말의 흔들림도 없다.

언제든지 발포할 준비를 마친 바르바토스가 기감을 흩뿌렸다.

그러고는 인상을 구겼다.

'빌어먹을……'

진작 도착해야 했을 다른 초월자의 기척이 한참 멀다.

뭉그적거리고 있다는 뜻이다.

이유는 간단하다.

괜히 발락과 맞서 싸우기는 싫은 거다.

바르바토스가 중앙에 혼자 동떨어져 떡 하니 버텨 주고 있고, 발락은 명백히 그를 향해 떨어지고 있었다.

위험을 바르바토스가 감수하고 나면 뒤늦게 슬쩍 들어와서 도와주려는 심산이 너무나도 뻔한 상황.

굳이 먼저 나서서 맞아 주지 않겠다는 의지가 명명백백하다.

기실, 바르바토스와 다섯 마왕 사이에는 지금의 상황이 당연한 정도로 서로 믿음을 잃었다.

'상관없어. 유피넬에 고압마나 분쇄탄. 심장 언저리에만 들어

가도 승기는 확실해진다.'

각오를 다진 바르바토스의 손가락이 방아쇠를 당기려는 순
간.

파가가가가가각!

발락이 급작스럽게 날개를 펼쳤다.

흑요석과 같은 비늘에 거대한 공기 저항이 맞닿으며 불똥을
튀기고, 강하 궤도가 급격히 틀어진다.

"무슨……?"

비틀린 궤도는 오히려 미적거리며 모여 있는 세 마왕을 향한
다.

동시에 떨어져 내리던 신성이 둘로 갈라진다.

바르바토스의 눈이 부릅뜨였다.

신성이 둘로 갈라진 게 아니다.

발락의 거대한 존재감에 편승해 숨죽이고 있던 또 하나의 신
성이 모습을 드러낸 거다.

태양 같이 이글거리는 발락의 신성이 내뿜는 빛에 몸을 숨긴,
무색무취의 신성.

유성에서 뚝 떨어져 나온 별똥별.

윤태양.

이제 막 초월의 경지를 밟은 투사(鬪士)가 바르바토스를 향해
뛰어내리고 있었다.

나타날 걸 예상하곤 있었지만, 이런 방식일 거라고는 생각하

지 못했다.

발락을 따라가던 '대 괴수 전용 보구, 유피넬 37식'의 총구가
빠르게 조준을 수정했다.

타아앙-.

바르바토스의 총구가 불을 뿜었다.

좁은 구멍에서 연기와 쇠붙이가 튀어나왔다.

'맞으면 죽는다.'

근거는 없다.

무의식이 의식을 잡아챘다.

아라실의 바람이 몸을 밀어내고, 발로 허공을 차 궤도를 틀
었다.

권능과 신성을 아낌없이 털어 낸 발악과도 같은 동작이지만,
비틀린 아주 약간이다.

그리고 그 약간으로는 총알을 피할 수 없었다.

바르바토스가 발포한 총알은 태양의 궤도를 완벽하게 관통
했다.

더 이상의 결과를 만들어 내기에 태양이 강하하는 속도와 바
르바토스가 쏘아 낸 총알의 속도는 너무 빨랐다.

퍼어억-.

총알이 옆구리를 관통한다.

동시에 태양의 신체에 자리하던 밀도 높은 마나가 강제로 분해되어 허공에 퍼졌다.

"와우."

만약 신성에 직격됐다면 그대로 존재가 분해되었을 일격.

하나, 결과적으로 태양은 살았다.

"감이 좋군."

"내가 좀."

철컥.

어느새 재장전을 마친 바르바토스가 방아쇠를 당김과 동시에 태양이 머리가 터져 나갔다.

그런 것처럼 보였다.

"그건 제 잔상입니다만."

쿠웅.

초월진각과 함께 내뻗어 올리는 하이킥.

은하수를 닮은 마나 광자포가 바르바토스 전면을 폭격한다.

초원 유곽 – 세상의 모서리.

당연하다는 듯 공격을 흘려낸 바르바토스가 손가락으로 중절모를 슬쩍 밀어 올리며 태양에게 물었다.

"저, 한 가지 질문해도 되겠나?"

"어."

"……혼자 왔나?"

"보시는 대로."

초록색 의상과 어울리는 자줏빛 눈동자가 주변을 탐색한다.

태양은 그를 내버려 두었다.

다시금 주변을 탐색한다.

마치, 같이 온 무언가가 있어야 한다는 듯이.

"진짠데. 안 믿네."

"……정말로 없군."

바르바토스가 사납게 웃었다.

"플레이어 윤태양. 난 지금 굉장히 불쾌하네."

"……?"

"자존심이 상하는군."

현재 전황이 어떠한가.

마왕 둘, 포르네우스가 크로셀은 바람을 다루는 초월자와 용 군단에게 발이 묶였다.

나머지 셋에게는 발락이 달려들었다.

그리고, 바르바토스에게는 태양이 달려들었다.

이 상황이 의미하는 바는 무엇인가.

명백하다.

풍술사와 발락이 시간을 끄는 동안 윤태양이 발락을 죽이겠다는 의미의 천명이다.

"네까짓 게 날 죽일 수 있다고?"

태양이 어깨를 으쓱였다.

긍정을 표하는 몸짓.

당연하다.

이러나저러나 바르바토스를 적대하는 자라면 그를 죽일 궁리를 할 수밖에 없다.

바르바토스와 마왕 집단은 이미 신뢰가 이미 깨질 대로 깨졌다.

계획의 주체이자 가장 강한 무력을 보유한 바르바토스가 죽으면 나머지 다섯 마왕은 미련 없이 차원 미궁을 벗어날 게 분명했다.

"그렇지. 자네 목표를 생각하면 차원 미궁에 다른 마왕은 없을수록 좋겠지."

바르바토스가 제 초록색 중절모를 푹 눌렀다.

챙을 붙잡은 그의 손등에 시선이 갔다.

불끈 솟아난 핏줄이 그의 감정을 짐작케 했다.

"그러니까, 윤태양. 자네 혼자서 나를 죽일 수 있다고 생각했군? 다른 도움 없이?"

"왜? 못할 것 같아?"

싱긋 웃는 태양.

그에 마주 웃는 바르바토스.

초록색 정장에 슬쩍 보이는 목 부위가 새빨갛게 달아올라 있었다.

"자네, 나를 너무 무시하는 거 아닌가?"

"무시한 적 없는데?"

투둑.

가볍게 밟은 스텝.

신성을 머금은 대지가 가볍게 진동했다.

"바알도 나한테 죽었어. 너 그거 모르는구나?"

투웅—.

0에서 음속에 이르는 시간 약 0.01초.

태양의 주먹이 말 그대로 시간을 쪼개며 뻗어 나간다.

극한의 집중 상태에서 가끔 돌입하곤 했던, 모든 것이 정지한 듯한 시간.

존(Zone).

몇십 배로 빨리 감긴 신체는 이제 그 의식의 속도를 따라잡는다.

타아앙—.

흑색 화약이 터져 나간다.

이미 의식하고 있던 수.

주먹을 뻗는 동시에 허리를 비튼다.

바르바토스의 동공이 확장된다.

직전 강습하는 과정에서 통째로 뜯겨져 나간 옆구리.

놀랍게도, 다시 한번 그 자리에 총알이 스친다.

반면 태양의 주먹은 온전히 바르바토스의 턱에 닿았다.

뻐억—.

바르바토스의 무릎이 흔들렸다.

태양이 웃었다.

"거봐, 되잖아."

바르바토스의 유피넬 37식이 불을 뿜는다.

타아앙!

태양이 손을 들어 전방을 가리며 마나를 끌어 올렸다.

바르바토스의 산탄총은 용을 사냥하기 위해 만들어진 무구였다.

즉, 신룡화를 해제한 채 오로지 태양의 육신으로만 견뎌 내야 한다는 이야기다.

피부 말단을 처참하게 짓이기는 총탄에 정신마저 흔들린다.

'몇 번째지?'

계속 이런 식이었다.

같은 상황의 반복이다.

태양 쪽에서 마나를 끌어 올리면 귀신같이 총격을 가해 흐름을 끊는다.

반대로 본인은 달라붙을 때마다 유려하게 태양을 떼어 놓는 동시에 마법과 권능으로 온갖 수작질을 일삼는다.

"화낼 만하네."

이 정도 기량을 가진 마왕을 이제 막 초월자가 된 신입이 잡겠다고 나섰으니.

무시당했다고 생각할 만하다.

철컥.

산탄총의 총구가 어느새 다시 한번 태양을 향해 머리를 들이밀었다.

'짜증 나네.'

일반적으로, 총은 직선의 공격이다.

총알이라는 하나의 점을 쏘아 내는 기구니까.

그런 의미에서 산탄총은 공간을 통째로 잡아먹는 무기다.

발포되는 즉시 퍼지는 산탄은 이미 그 자체로 '면'이 되어 앞으로 나간다.

공간을 통째로 잠식한다.

타아아앙!

태양의 동선을 교묘하게 비틀어 한 곳으로 몬다.

반격의 여지는 주지 없다.

태양이 선택할 수 있는 건 피하거나, 막는 선택지뿐.

'까다로워.'

바르바토스와의 싸움은 머리가 아팠다.

임기응변으로 그때그때 하는 선택으로 전투를 이어 갈 수 없다.

발걸음 하나, 공격 하나, 운용하는 마력 한 줌에 모든 전략적

의도가 들어 있었다.

철저한 계산 아래 전투를 집도하는 사냥꾼.

그것이 제7계위 마왕, 바르바토스의 진면목이었다.

아쉽다.

싸움이 길어질수록 태양의 마음속에 아쉬움이 짙게 드리웠다.

'거기서 끝냈어야 했는데.'

처음.

바르바토스에게 일격을 먹인 순간.

순간적으로 다리가 풀린 바르바토스의 몸통에 바디블로우를 꽂았더라면.

성급하게 스트레이트를 날릴 것이 아니라 신중하게 로우킥부터 셋업을 가져갔더라면.

기껏 얻어낸 간격을 주먹 한 대로 버리지 않았더라면.

전투는 의외로 단숨에 끝났을지도 몰랐다.

그로기 상태에 몰린 바르바토스 앞에서 왜 뻔하디 뻔한 스트레이트를 갈겼을까.

'아쉽다.'

변명하자면, 불가항력이었다.

당시에는 뭐가 올바른 선택인지 알 수 없었다.

전투를 통해 정보를 쌓아 낸 지금에 와서야 후회할 뿐.

쿠웅.

태양이 호쾌한 스텝과 함께 튀어나가는 동시에 바르바토스의 신체가 카멜레온처럼 흐려진다.

초월자의 기감조차 속이는 은신술.

태양은 눈으로 뻔히 보면서도 기척을 놓쳤다.

어디로 도망치는지 모르겠다면 공간을 통째로 밀어 버리면 그만이다.

정의행(正義行) 1식 – 통천(通天) : 윤태양식(式) 어레인지.

콰아아앙!

동시에 산탄총 유피넬 37식에서 뻗어 나온 화염이 태양의 마나를 상쇄했다.

태양이 미간을 찌푸렸다.

타이밍, 방향.

바르바토스의 대응은 모든 면에서 완벽했다.

'내 의도를 읽은 게 아냐.'

완벽한 세팅은 상대의 선택지를 강요한다.

태양이 통천을 사용할 수밖에 없는 환경을 만들어 놓고, 그에 맞춰 대응했다.

전투가 지속될수록 태양도 바르바토스를 알아가고 있었지만, 바르바토스도 태양의 전력을 속속들이 확인해 가고 있었다.

태양이 웃었다.

태양의 '다운로드'.

바르바토스의 '셋업'.

닮았다.

"와. 이거 진짜 멸망전이네."

같은 유형의 전투 방식.

전투의 성패는 결국 기량에서 갈린다는 뜻이다.

두근.

용왕의 심장이 세차게 마나를 퍼 올렸다.

저돌적으로 맹진하려는 태양의 전면에 대고 바르바토스가 훅― 바람을 불어 넣는다.

태양의 기감이 경종을 울린다.

일순간 마나를 경화시키는 무색무취의 독.

아주 잠깐 멈칫한 틈을 타 바르바토스가 유려하게 진입각을 차단했다.

기량이 뛰어난 아웃 복서는 간격을 지배할 줄 안다.

바르바토스가 정확히 그랬다.

쿠웅.

가볍게 진각을 찍는 동시에 태양의 오른발에서 마나가 급격하게 회전한다.

철컥.

물 흐르듯 자연스럽게 재장전을 마친 바르바토스가 산탄총 유피넬 37식을 꺼내 겨눈다.

가볍게 흔들리는 총구.

팔 힘이 없어서도 아니고, 호흡이 떨리는 것도 아니다.

오히려 완벽하게 제어하고 있기에 할 수 있는 페이크다.

허리, 가슴, 복부, 목, 머리, 어깨.

바르바토스의 총구는 1초에도 수십 번씩 목표지를 바꿔 가며 강제로 정보를 심어 넣고 있었다.

콰드드드득.

태양은 바르바토스의 수작질에 현혹되는 대신 마나를 더욱 끌어 올렸다.

아라실이 보조한 바람의 마나가 사위를 잠식하고, 동시에 유피넬 37식의 총구가 불을 뿜는다.

'왼쪽.'

사고가 채 끝나기도 전에 태양의 좌측 방면을 통째로 뒤덮는 산탄이 튀어나온다.

그리고 바르바토스의 얼굴이 일그러졌다.

마치 예상이라도 한 양, 태양은 이미 오른쪽으로 빠져나왔다.

"읽었나. 버러지가."

읽어야지.

전투 개시 3분인데.

3분이면 컵라면이 익을 시간이다.

작은 컵은 2개.

그리고 킹 오브 피스트의 라운드 3개.

태양이 대회에서 만난 적의 밑천을 모조리 터는 데 걸리는 시간이 일반적으로 3분이다.

투웅.

어느새 근접한 태양이 어깨를 비틀었다.

'잡는다.'

바르바토스의 존재가 비틀린다.

정령계? 명계? 환계? 혹은 다른 차원?

어디인지는 모르지만, 이 순간 바르바토스의 몸체는 이차원(異次元)으로 유리됐다.

"그거 나도 쓸 줄 알거든."

대처법은 간단하다.

아주 잠깐만 참으면 된다.

태양은 주먹을 뻗는 대신 바르바토스의 동체를 따라갔다.

잠시간 이차원을 경유한 바르바토스의 몸이 다시금 현세로 돌아온다. 다만, 이차원으로 갈 때와 현세로 돌아올 때의 바르바토스의 자세가 다르다.

육중한 산탄총의 아가리에서 뻗어 나온 매캐한 화약 냄새가 태양의 뇌리를 자극했다.

철컥.

다시금 산탄총이 불을 뿜는다.

이번에는 몸을 날리지 않았다.

타악.

절도 있게 뻗어 낸 태양의 팔뚝이 총구 방향을 틀었다.

콰득.

"잡았다. 드디어."

접근한 태양이 가장 먼저 한 일은 바르바토스의 뒷목을 붙잡는 것이었다.

뺨 클린치.

뻐억.

깔끔한 니킥이 바르바토스의 복부에 꽂혔다.

전투 개시 후 두 번째로 맞는 태양의 턴이었다.

<hr />

유피넬 37식.

마나 경화 독 아칼립투스.

옥토퍼스 퍼실리티.

발락을 상대하기 위해 준비한 대룡 보구들.

살점분쇄기 6079-A.

지옥의 쇠사슬.

앙망불급(仰望不及).

태양을 상대하기 위해 새로 꺼낸 수십 가지 권능 형태의 무기들.

'이게, 부족하다?'

바르바토스는 이해할 수 없었다.

이제 막 초월자가 된 인물이다.

그리고 바르바토스가 꺼낸 수십 가지 권능은 그 하나하나가 태양의 인생보다 긴 시간을 갈고 닦아 만들어진 것들이다.

하나는 파훼할 수 있다.

이해한다.

열 개도 대단한 재능이라고 이해하고 넘어갈 수 있다.

허나 수십 개의 권능을, 심지어 바르바토스 본인이 조합하여 적재적소에 쏟아 붓는데도, 저 괴물 같은 인간은 버텼다.

태양이 바르바토스에게 느꼈던 압박.

바르바토스도 역시 태양을 상대하며 느끼고 있었다.

'괴물이야.'

발락과 다른 종류의 괴물이다.

습득력이 말이 안 된다.

처음 보는 전술에 당황하지 않고 산정된 정보로 뽑아낼 수 있는 최적의 대응으로 피해 낸다.

두 번째, 세 번째 같은 상황이 반복되면 오히려 맞춤 대응을 통해 압박해 들어온다.

신체 능력도 바르바토스가 우위다.

권능의 종류는 말할 것도 없다.

그런데 우위를 점하는 데 그쳤다.

가죽은 능숙하게 도려냈으나, 심장을 취하지 못했다.

콰앙―.

윤태양의 무릎에 내장이 터져 나간다.

목구멍에 비릿한 핏물이 올라왔다.

근접전투는 바르바토스의 주영역이 아니었다.

'벗어나야 해.'

바르바토스는 벗어나기 위해 권능을 끌어 올렸으나, 이번에는 윤태양의 대응이 먼저였다.

키이이이잉-.

신성이 오버 히트하는 소리가 날카롭게 영혼을 울린다.

바르바토스 역시 마주 기어를 올렸으나, 이미 늦었다.

콰득.

푸르카스의 권능, 살(殺)이 담긴 일격이 바르바토스의 신성을 흔들었다.

제로 거리에서 하는 공방.

바르바토스는 처음으로 압도적 수세에 놓였다.

분명 전력은 바르바토스가 위이건만.

다르다.

싸움. 전투.

불리한 전력을 오로지 감각으로 풀어 간다.

"어이가 없군."

짐승.

용왕 발락에게 어울리는 명사라고 생각했다.

아니다.

윤태양이야말로 더 없이 짐승에 가까운 초월자다.

콰드득.

윤태양의 발이 바르바토스의 안배를 짓밟는다.

금싸라기 그물.

황금빛 그물이 사위를 휘감는다.

차원 세 개를 연달아 집어삼킨 대 괴수 가루다의 아가리를 확실하게 다물린 그물.

초월자로서 연식이 낮은 윤태양은 처음 봤을 그물이다.

짙게 묻어나는 속박의 권능은 흉험하게 제 자태를 드러낸다.

모르는 만큼 당연히 경계해야 하건만, 바르바토스를 붙잡은 윤태양의 행동은 전혀 흔들리지 않았다.

일말의 정신도 주지 않고, 오로지 바르바토스와의 초근접전만을 고집한다.

그저 단 한 번의 공격이라도 바르바토스에게 적립한다.

집착에 이른 고집.

바르바토스가 이를 악물었다.

유피넬 37식의 총구가 태양의 오른쪽 허벅지에 밀착한다.

치이이이익─.

몇 번이나 발포 과정을 거치며 새빨갛게 달아오른 총구가 맨살을 짓이긴다.

태양이 본능적으로 신룡화를 해체했다.

대룡보구 유피넬 37식에 노출될 때는 차라리 맨몸인 게 더 낫다는 사실을 알기 때문이다.

콰앙! 콰앙!

태양의 허벅지가 통째로 날아간다.

하나, 태양은 바르바토스를 놓지 않았다.

정의행(正義行) 오의(奧義) — 운명(運命).

세계의 법칙을 뒤틀어 가며, 이번에는 바르바토스가 이차원으로 도망가지 못하게 확실하게 잡는다.

"두렵지 않나?"

"뭐가?"

황금빛 그물이 지척에 다다랐음에도, 윤태양의 눈은 흔들리지 않았다.

콰드드득.

태양의 오른 무릎이 다시금 바르바토스를 올려쳤다.

허벅지가 완전히 파열되어 형체조차 없건만 태양의 다리는 여전히 바르바토스에게 닿고 있었다. 제 구실을 못할 정도가 된 신체를 마나로 억지로 이어 붙여 구동하고 있는 것이다.

가히 초월자의 마나 컨트롤.

그리고 이해가 안 되는 정신력.

이 모습은 마치…….

'마치 바알을 보는 것 같군.'

하나 바알은 격이 있었다.

초월자에 걸맞은 위엄이 있었다.

바르바토스와 태양의 모습은 초월자들의 싸움이라기에 추잡

했다. 누가 이 모습을 보고 한 차원을 뒤집을 두 강자의 결전이라고 생각할까.

으드득.

바르바토스가 태양을 바라봤다.

'기회는 있다.'

유리한 고지를 점령한 바르바토스가 윤태양의 목숨을 끝장내지 못했다.

그리하여 윤태양에게 간격을 허용했다.

그리고 지금.

윤태양도 바르바토스의 목숨을 끊어 내지 못하고 있었다.

'급할 필요 없어.'

상황을 상기한다.

발락은 세 명의 마왕을, 바람을 다루는 초월자가 두 명의 마왕을 상대로 죽어 가고 있다.

시간은 바르바토스의 편이다.

반대편, 윤태양의 신성이 다시금 과도하게 진동한다.

바르바토스의 신성까지도 공진할 정도로 격하게.

키이이이잉—.

그의 목덜미를 붙잡은 윤태양의 눈동자가 신묘하게 불타오른다.

먹잇감을 앞에 둔 포식자의 눈동자.

태양은 바르바토스와 상황이 다르다.

그에겐 시간이 없다.

바로 지금이 윤태양에게는 승부처다.

그리고, 그게 패인이다.

바르바토스가 입술을 비틀어 올렸다.

"미안한데, 내가 이겼어."

황금빛 그물이 촘촘히 사방을 감쌌다.

투둑.

바르바토스의 중절모가 바닥에 떨어진다.

콰드드드득ㅡ.

금색 사슬이 사위를 조였다.

죽일 수는 없겠지만, 빠져나오려면 적지 않은 시간이 들 것이다. 저 대 괴수도 사흘 밤낮 동안 난리를 쳐야 간신히 빠져나왔던 사슬이니.

"체크메이트."

바르바토스가 칭칭 감긴 사슬을 향해 중얼거렸다.

✳

제49계위 마왕.

몽상가 크로셀.

초월에 오르는 방법은 갖가지다.

누군가는 무예를 닦아서.

누군가는 학문을 통해.

어떤 이는 자연과의 교감으로, 혹은 불현듯 깨달음을 얻어서.

크로셸의 경우는 몽상이었다.

몽상.

꿈같은 생각.

혹은 헛된 생각.

크로셸은 이루어질 수 없는 질서가 바로 세워지는 세계를 꿈꾸고, 심상 가장 밑바닥에 꿈틀거리는 상상을 의식의 수면 위로 건져 냈다.

물론, 크로셸은 일반적인 몽상가들과 달랐다.

크로셸의 상상은 상상으로 그치지 않았다.

그의 모든 욕망은 현실에서 이루어졌다.

크로셸은 출신 성분이 평범한 인간이었다.

하지만 그가 타고난 상상력과 행동력은 평범하지 않았다.

아름다운 여자는 반드시 취하고, 얻고 싶은 물건을 기어코 쟁취했다.

부와 여자 다음은 명예였다.

영주, 재상, 국왕, 황제.

크로셸은 목표로 한 바를 단시간에, 완벽하게 이뤘다.

운이 따랐고, 타고난 재능 역시 있었다.

그렇게 크로셸은 역사에 남을 위인이 되었다.

크로셸은 거기서 멈추지 않았다.

무력, 전쟁을 기반으로 영토를 넓혔다.

이지, 완벽한 이념으로, 발전된 문화로 적국의 백성을 품었다.

황제가 된 크로셀은 기어코 한 행성을 모조리 제 손아귀에 쥐었다.

세계의 모든 지성체는 크로셀의 명령을 따랐다.

육지, 하늘과 바다.

꿈, 사후세계.

그의 의식에 닿는 모든 장소는 모조리 그의 소유였다.

한 사람을 위해 살고 죽는 세계.

그 세계에서 크로셀은 상상을 구현했다.

기형적으로 온전한 평등의 세계를.

비틀렸지만 단단한 충성을 가진 부하들을.

크로셀이라는 남자를, 집착적으로 신앙하는 성직자들을 만들었다.

한 행성에 사는 모든 지성체가 다른 한 지성체 앞에 진심으로 고개를 조아리는 순간.

크로셀의 말이 말 그대로 법이 되는 지경에 이른 순간.

기어코 크로셀이 꾼 가장 크고 아름다운 꿈이 현실에 도래한 순간.

크로셀은 황제로서, 몽상가로서 초월자가 되었다.

별세계─삼도천(三途川) : 환상재림(幻想再臨).

크로셀이 상상했다.

바람이 멎었다.

크로셀이 몽상했다.

그의 커다란 손아귀가 바람을 다루는 계집의 가냘픈 목을 붙잡는 장면을.

바람은 쉬이 멎었지만, 란은 그렇지 않았다.

그러자 세계가 크로셀의 상상을 위해 스스로를 개변하기 시작했다.

콰드드드득!

"크읏!"

강렬한 인력이 란에게 작용한다.

마나가 거칠게 뒤틀리고, 대지가 꿈틀거린다.

세계가 몸을 뒤틀며 란을 압박했다.

하나 크로셀의 상상은 현실에 이루어지지 않았다.

초월자의 권능은 결국 같은 권능으로 틀어막힌다.

권능 : 파멸의 빛.

안드라스의 권능이 뒤틀린 법칙을 통째로 소거했다.

스킬 합성.

권능 : 일시정지(一時停止) + 절대 영도.

절대 영도 - 엔트로피(Entropy) : 빅 프리즈(Big Freeze) 일부 구현.

시간마저 굳혀 버리는 멸망이 크로셀의 추가 타격을 저지했다.

크로셸이 격분했다.

원하는 바가 이루어지지 않는 현실은 언제나 그에게 크나큰 상처인 동시에 모욕이었다.

"찢어 죽일 년들! 내 너희를 반드시……."

평범한 생명체라면 입에 담지 못할 말을 연달아 늘어놓는 크로셸.

포르네우스가 미간을 찌푸렸다.

"크로셸, 그 입 좀 닫을 수는 없겠나? 같이 다니는 내가 다 부끄……."

"닥쳐! 개새끼야!"

저런 인간이 어떻게 하나의 차원을 통일 정복하고, 더 나아가 신으로 추앙받기까지 했는지 정말 알 수 없는 일이다.

포르네우스가 고개를 절레절레 저었다.

영 마음에 들지 않는 인물이지만, 지금은 그와 손을 잡을 수밖에 없었다.

자존심이나 생리적인 역겨움 때문에 판을 망치기엔 여기 너무 탐스러운 먹잇감이 많았다.

파멸의 빛. 안드라스의 권능.

권능 일시정지는 무려 시간을 다루는 아가레스의 권능.

심지어 저 반대편에는 바알이 직접 인수했던 타락천사 루시퍼의 권능, 샛별을 휘두르는 검사도 있었다.

"다이아몬드가 왕창 묻혀 있는 광맥과 같군."

신의
원코인
클리어

필멸자 주제에 권능을 하나씩 가지고 있다.

심지어 그 질 역시 탁월하다.

이 어찌 군침이 넘어가지 않을 수가 있겠는가.

몸을 사리지 않고 폭풍 너머에 들어온 것은 최고의 선택이었다.

크로셀이 중얼거렸다.

"상관없겠지? 후원하던 놈들도 다 손 뗐잖아?"

"아마도. 안 뗐다고 해도, 뭐, 더 볼 사이도 아니잖나?"

"그것도 그렇군……. 염병할 자식이 어디서 수작을!"

크로셀이 경박한 욕설과 함께 허공에 손바닥을 내리쳤다.

고작 손짓.

하나 크로셀의 권능이 개입하자 가벼운 손짓은 지고의 마법으로 화한다.

콰아아아앙-.

마치 거대한 주먹이 지면을 짓누르기라도 한 양 지면에 두꺼운 손바닥 자국이 찍혀 나왔다. 심지어 뻗어 나오는 마력 파장은 초월자인 포르네우스에게도 위협적일 정도.

돼먹지 않은 성품에도 불구하고 바르바토스가 크로셀을 영입한 이유가 명확히 나온다.

능력이다.

포르네우스가 가볍게 팔을 털었다.

파스스스.

비늘이 돋아난다.

포르네우스는 어인(魚人) 출신의 초월자였다.

물속에 살지는 않았지만.

육지잠영(陸地潛泳).

'굳이 위에서 화려하게 싸워 줄 필요는 없지.'

포르네우스는 철저한 실리주의자였다.

공적을 가지고 경쟁할 마음은 털끝만큼도 없다.

저쪽에서 날뛰어 주면 이쪽에선 고마울 뿐.

푸화하하하학ㅡ.

위에서 저렇게 시선을 끌어 주니 풍술사, 란의 발목을 붙잡는 건 순식간이었다.

"레이디. 포기하시게."

"크읏!"

란의 신성이 크게 꿈틀거렸다.

"라안!"

콜 : 라이트닝(Call : Lightning) 다연발.

쫘좌좌좌좍!

서슬 퍼런 번개 연발에 포르네우스는 즉시 손을 떼고 지면으로 숨어들었다.

냉정하게 따져 보면 버틸 수야 있겠지만, 한 톨의 피해조차 용납하지 못한다.

그게 포르네우스의 성격이었다.

게다가, 이미 이득은 충분히 봤다.

권능 : 흡정(吸情).

포르네우스가 혓바닥을 날름거렸다.

"이 정도로 달콤한 의지는 오랜만에 맛보는군."

천년만년 살아오며 부식될 대로 부식되어 버린 다른 초월자들의 의지는 퍽퍽하고 부담스럽다.

이리저리 통통 뛰는, 동시에 줏대도 탄탄하게 서 있는 의지.

이제 막 초월자가 된 란의 의지는 포르네우스에게 더 없이 매력적인 먹잇감이었다.

"크."

란이 인상을 찌푸리며 발목을 부여잡았다.

초월자간의 싸움.

생각 이상으로 버겁다.

한 놈은 란의 바람을 종이처럼 찢어 대고, 한 놈은 아예 흙바닥 속을 잠수하면서 서슬 퍼렇게 빈틈을 노려댄다.

문제는 두 초월자에게 대처할 마땅한 방법이 없다.

'여섯 중 둘이 왔을 뿐인데…….'

시간조차 끌기가 어렵다.

태양은 잘 하고 있을까 따위의 걱정은 할 새도 없었다.

당장, 직전에도 란의 목숨이 스러질 뻔했다.

"크하하핫! 여기냐!"

아주 잠깐 스친 다른 생각.

찰나의 빈틈.

몽상가 크로셀이 그 찰나의 빈틈을 당연하다는 듯이 벌리고 들어온다.

세상을 통째로 뒤덮은 란의 바람은 황제의 의지 앞에 너무나도 쉽게 자리를 비켰다.

크로셀이 황금빛 눈동자를 빛내며 중얼거렸다.

"네년. 초월자끼리의 대전에 익숙하지 않구나?"

"……."

"하! 주제도 모르는 하룻강아지가 전장에 튀어나왔군. 초월자는 필멸자들과 시간의 밀도가 다르다. 애초부터 네년이 낄 자리가 아니라는 말이다."

펄럭!

하늘 군단장 폴리게르 마이송이 하늘에서 강하한다.

크로셀은 그 방향을 보지도 않고 손을 뻗었다.

촤르르르륵.

크로셀의 손에 커다란 레이저 포가 들린다.

복합 전자 사출 장치.

생각하는 동시에 이루어져 있다.

여전히 하늘을 바라보지 않은 황제가 무심하게 총구를 하늘로 뻗었다.

파지지직-.

군단장 폴리게르 마이송과 집채만 한 용 5마리가 그대로 도

마뱀 통구이가 되어 떨어졌다.

"꺄아아악!"

뒤에서 마나를 추스르던 마녀 미네르바가 포르네우스에게 잡혀 땅 밑으로 끌려갔다.

크로셀이 사납게 으르렁거렸다.

"약해. 도대체 뭘 믿고 덤비는지 알 수가 없을 만큼."

미네르바의 살점을 입에 문 포르네우스가 지상으로 올라왔다.

"윤태양을 보고 자신들도 그런 줄 안 거지."

"씨X. 이게 당연한 거야. 윤태양 그놈은 진짜 뭐 하는 놈이냐?"

"난놈이지. 놈을 여기서 못 죽이면 바알 꼴이 날 거다."

으드득–.

바알이란 단어를 듣자 크로셀이 반사적으로 이를 갈았다.

포르네우스가 피식 웃었다.

바알.

그에게는 강하기로 소문난 초월자일 뿐이었지만, 크로셀에게는 다른 의미다.

초월한 후 아주 오랜 시간 안하무인으로 살아온 크로셀에게 예절이란 개념을 박아 넣어 준 존재가 바로 바알이었다.

"바알. 마음에 안 드는군."

"후딱 먹고 도와주러 가자고."

"그래. 바르바토스 그놈은 밥맛이지만 바알을 생각하니 의욕이 솟는다."

두 초월자의 등 뒤로 새하얗기 빛나는 성검이 들이친다.

아그리파 투술(Agrifa闘術) 카인식(Kain式) 변형 제 일식(一式) - 양단(兩斷).

퍼억.

포르네우스가 카인의 성검을 손등으로 받았다.

"무슨!"

카인이 저도 모르게 소리를 질렀다.

그럴 수밖에.

잘리는 게 아니라, 박혔다.

"오, 샛별! 이거 탐나는 권능이군."

"그걸 자네가 갖겠나? 그렇다면 나는 아가레스의 시간 정지를 받아가지."

"신성은?"

포르네우스의 말에 크로셀이 살로몬을 가리켰다.

"저놈. 권능은 없고 신성만 있어. 저거랑 안드라스의 파멸의 빛을 세트로 가져. 난 이 바람년을 먹지."

"음. 대충 셈은 맞는군."

그것을 지켜보던 란이 크게 부채를 휘둘렀다.

"듣자듣자 하니까, 벌써 끝난 줄……."

"끝났다. 모자란 년아."

퍼어어억ᅳ.

등 뒤에서 나타난 또 다른 크로셀이 란의 복부를 그대로 꿰뚫었다.

여린 속살을 사정없이 헤집으며 말을 이었다.

"진짜 가짜도 구분 못 하면서, 입은 살았군."

키이이잉ᅳ.

신성은 여전히 공회전하고, 새빨간 태양의 눈동자가 황금빛 쇠사슬을 직시했다.

차르르르릉.

황금빛 쇠사슬이 빽빽하게 들어찼다.

태양의 신체를 직접적으로 조이지는 않았다.

쇠사슬은 벽처럼 서서 태양을 가두고 있었다.

'속박하는 종류의 권능인 건 알았어.'

알면서도 다른 대처를 하지 않은 이유는 간단했다.

바르바토스도 빠져나가지 못하게 할 수 있을 것 같았으니까.

딱 붙은 채 싸움을 이어 가면 그대로 이길 줄 알았으니까.

"신출귀몰(神出鬼沒)하단 말이지."

태양이 혼잣말을 지껄였다.

시간은 명백히 바르바토스의 편이었다.

태양은 시간에 쫓기고 있었고, 그것을 생각하면 작금의 상황은 굉장히 절망적이라고 할 수 있었다.

　그 사실을 알면서도, 태양은 태연했다.

　왜?

　'그걸, 나도 모르겠어.'

　바르바토스와의 전투 과정에서 그냥 불현듯 깨달았다.

　'질 것 같지가 않아.'

　태양이 손을 뻗어 쇠사슬을 붙잡았다.

　까드득.

　미동도 하지 않는다.

　육체의 힘뿐만 아니라 무언가 더 필요하다.

　예를 들면⋯⋯ 마나라든가.

　'마나.'

　용에게는 자연스럽게 샘솟는 에너지 자원이다.

　용왕의 심장은 박동마다 마나를 펌프처럼 뱉어 냈다.

　하나 바르바토스의 금빛 쇠사슬은 '용의 마나'를 닿는 대로 흩어내고 있었다.

　발락을 대상으로 준비한 물건임이 분명했다.

　아니, 태양 역시 발락의 '신룡화'를 사용한다는 사실을 알았을 테니, 그를 겨냥한 안배일 수도 있었다.

　여하간, 태양은 한 번도 떠올려 본 적 없는 의문을 상기했다.

　근데 왜 인간은 드래곤과 같은 일을 못하지?

다른 생명체들은?

용은 왜, 뭐가 다르기에 그렇게 많은 마나를 타고나지?

당연히 답은 낼 수 없다.

퍼즐은 모든 피스가 구비되어야만 맞출 수 있는 법이다.

다른 질문으로 넘어간다.

그렇다면 인간은 용과 같은 마나를 운용할 수 없나?

아주 원론적인 답변.

있다.

의지의 문제다.

하려고 마음먹으면…… 할 수 있다.

정정.

인간은 할 수 없을지도 모른다.

하지만, 태양은 할 수 있다.

필멸자라면 할 수 없을지도 모른다.

하지만, 초월자라면 할 수 있다.

한계를 뛰어넘었다.

의지로 법칙을 뒤트는 수준에 도달했다.

'못할 이유가 없잖아.'

우드드드득.

팔에 힘줄이 솟아난다.

마나 회로가 뒤틀린다.

드래곤의 마나가 아닌, 태양 본연의 마나가 뒤틀린 마나 회로 안에서 강제로 수축과 팽창을 시작한다.

까드드드드드드드-.

쇠사슬이 우그러든다.

팽팽하다.

태양의 이마에 힘줄이 돋았다.

이두와 삼두, 전완근이 동시에 부풀어 올랐다.

당긴다.

키이이잉-.

몇 번이고 오버 히트한 신성이 다시금 울린다.

그에 태양이 또다시 스스로에게 질문했다.

아니, 오버히트는 맞아?

더 할 수 있지 않나?

내 그릇이 어디까지인지 내가 스스로 알기는 하나?

초월, 초월, 초월.

말로는 선을 넘었다고, 강해졌다고 지껄이고 다녔다.

'웃기는 일이지.'

피상적으로 강해지기는 했다.

같은 일을 할 때 더 수월하게 했다.

그런데, 그뿐이다.

하지 못했던 걸 하려고 시도했던 적은 없다.

그냥 이제껏 했던 대로.

권능을 얻으면 그 권능을 사용해 보는 정도가 시도의 전부였다.

"그래서는 안 되지."

내 한계를 내가 모르는 건 말이 안 된다.

그렇기에 태양은 자신에 넘칠 수밖에 없었다.

한계를 모른다는 말뜻이 무엇이냐.

아직 한계에 닿지 않았다는 것이다.

그리고 그것은.

"더 할 수 있단 말이지."

우드드득.

금빛 쇠사슬이 뜯어지기 시작했다.

좌르르르륵.

좌르르르륵.

황금빛 쇠사슬, 통칭 금싸라기 그물이 마치 심장처럼 맥동했
다.

바르바토스가 모자가 없어 허전한 머리를 괜히 쓸어 올렸다.

"어색하군."

모자는 사슬 안에 있었다.

긴 시간 애용해 온 녹색 중절모.

사냥, 사교할 것 없이 착용하고 다녔던 탓에 바르바토스의
트레이드 마크나 다름없는 물건이다.

애정도 애정이거니와, 권능급은 아니지만 여러 방면에서 유
용하게 사용해 온 아티팩트였던 터라 바르바토스가 아쉬움에

입맛을 다셨다.

아끼는 모자를 주워 오자고 기껏 조인 금싸라기 그물을 다시 풀어 헤칠 수는 없었다.

"무려 수명을 써 가며 잡았는데, 모자 하나 아쉽다고 그 미친 짓을 다시 할 수는 없지."

고립 직전 그를 쏘아 보던 붉은색의 눈빛을 떠올린 바르바토스가 몸을 떨었다.

'윤태양……'

태양이 '셋업'이라고 표현했던 바르바토스의 전투법은 스텝 하나, 손짓 하나가 모두 철저한 계산 아래 행해졌다.

공격과 방어, 전진과 후퇴, 회피와 반격.

모든 선택지를 전략적으로 이용해 싸움판을 본인이 원하는 환경으로 조성해 내는 게 바로 바르바토스의 전투법이었다.

그런 만큼 바르바토스는 다른 마왕들보다 정밀하게 계량할 수 있었다.

이 남자의 힘이 얼마나 강한지.

얼마나 민첩한지.

얼마나 판단이 빠르고, 또 얼마나 똑똑한지.

그래서 바르바토스는 대충 넘길 수가 없었다.

강함의 문제가 아니다.

태양은 바르바토스가 이제껏 만나 온 초월자들과 달랐다.

육체파냐, 지성파냐.

두 가지 구분으로 태양을 재단하자면, 태양은 육체파다.

그런 주제에 전투 중 상대방의 데이터를 취득해 적용하는 속도가 가히 바르바토스 본인에 필적했다.

첫 전투는 분명 다른 이들과 마찬가지로 어정쩡한 감을 믿고 판단하고 있었건만, 어느새 바르바토스의 머리 위에 오르려고 손을 뻗어 대고 있었다.

타고난 전략가.

그것뿐만이 아니다.

바르바토스의 몸을 떨게 한 요인은 따로 있었다.

'성장 속도.'

필멸자로서 성장을 끝마치고 기존의 영육을 탈피해 낸 완전체가 바로 초월자다.

완성된 존재가 끊임없이 성장한다면 그것을 완전체라고 부를 수 없다.

그런 방면에서 보자면 윤태양은 여전히 필멸자와 같았다.

바르바토스의 상식에선 이해할 수 없는 일이었다.

"전투의 경험을 통해 실시간으로 바알의 신성을 녹여 내고 있는 건가."

만약 그렇다면, 그것 역시 상식을 벗어나는 일이다.

다시 싸우면 이길 수 있을까.

바르바토스는 장담할 수가 없었다.

콰아아앙!

황금빛 사슬이 다시금 들썩인다.

하지만 미동은 없다.

오로지 속박만을 위해 만들어진 보구, 금싸라기 그물은 효과적으로 윤태양을 제어하고 있는 듯했다.

바르바토스가 몸을 돌렸다.

크롸라라라라라라라!

용왕의 포효가 대지를 진동했다.

세 명의 마왕을 상대하고 있을 게 분명하건만 발락은 여전히 여유가 넘쳤다.

"뭐, 알 바 아니지."

힐긋 상황을 확인한 바르바토스는 이내 세 마왕에 대해 신경을 끊었다.

동료애? 신뢰?

저들이 먼저 저버린 지 한참이다.

그동안이야 바르바토스가 아쉬우니 붙들고 있었지만, 상황이 이렇게까지 진행된 이상 이야기가 달라졌다.

삼파전 구도가 만들어졌을 땐 모르지만, 여기서 발락을 잡아낸다 치면 남는 건 단탈리안 하나.

아무리 강하다고 하나 마왕 하나에 여섯이 달라붙는 건 과하다.

'상대가 바알이라면 이야기는 달랐겠지만.'

바르바토스는 오히려 발락과의 전투에서 저 셋 중 한둘 정도는 죽어 줬으면 좋겠다고 생각할 지경이었다.

"아니, 아니. 지금 이런 생각을 할 때가 아니지."

윤태양을 고립시킨 바르바토스의 다음 목표는 명백했다.

풍술사, 란.

정확히는 그녀의 신성과 권능이다.

여기까지 판을 만든 건 바르바토스였다.

풍술사 란의 신성과 권능을 크로넬과 포르네우스 둘이서 갈라먹는 건 용납할 수 없었다.

바르바토스가 커다란 폭풍을 향해 뛰어드려는 순간.

까드드드득.

있을 수 없는 소리가 들려왔다.

"……."

바르바토스가 고개를 돌렸다.

금싸라기 그물.

대 괴수 가루다를 묶은 황금 쇠사슬이 형편없이 뜯어져 있었다.

"어딜 가시나."

한 줄기 금빛 쇠사슬이 쏘아져 나왔다.

바르바토스가 어깨를 뒤틀고, 통천의 묘리를 담은 쇠사슬이 공간을 통째로 격했다.

쿠화아아아아앙!

순식간에 피어오른 흙먼지 사이에서 두 줄기의 붉은 광점이

어른거린다.

초월 진각.

쿠웅.

"이런."

바르바토스가 이를 악물었다.

"이번에는 안 놓친다."

바르바토스의 녹빛 정장을 붙잡은 윤태양이 사납게 웃었다.

인간의 신체는 역설적이다.

때로는 이해하기 어려울 정도의 내구성을 보이는 주제에, 또 어떨 때는 허망하게 망가지고 만다.

작금, 란은 후자의 경우를 체험하고 있었다.

쿨럭.

복부에 뻥 뚫린 구멍에서 울컥울컥 피가 쏟아져 나온다.

남이 아팠으면 눈을 부릅뜨며 공감했을 것 같은데, 정작 본인의 신체에 이런 일이 벌어지니 스스로도 믿을 수 없을 정도로 현실감이 없었다.

"라아아아안!"

살로몬의 외침이 귓가에서 늘어진다.

마치 태양의 아티팩트, 위대한 기계장치를 사용한 것처럼 시

신의
원코인
클리어

계(視界)가 찌그러졌다.

'어라…… 몸에 힘이 안 들어가.'

무언가 대처할 시간도, 심지어는 생각할 시간도 없었다.

'이건……?'

의식이 스러진다.

푸화하하하하학!

거친 연기가 사위를 잠식했다.

"이건 또 뭐야?"

"신성? 뭐야. 초월은 못 했는데. 신성을 다룬다고?"

두 마왕이 의문을 표했다.

쓰으으읍―.

살로몬이 두 눈에 핏발을 세운 채 시가를 빨았다.

가문의 비전으로 정제한 마력 시가.

거듭된 전투로 인해 황폐해진 살로몬의 신체에는 커다란 부담을 주는 물건이었지만, 살로몬은 망설이지 않았다.

란을 죽게 내버려 둘 수는 없다.

동료의 죽음은 메시아 하나로 충분했다.

"병신 같은 새끼."

살로몬이 중얼거렸다.

본인에게 하는 이야기였다.

스모크 매직 : 워리어 그레이브(Warrior Grave) 변형식(變形式) ― 신성 무덤.

쿠궁.

연기 안을 유영하는 생명체의 오감을 빼앗는다.

초월체라도, 예외는 없다.

"쿨럭."

정해진 용적보다 더 많은 연기가 폐를 비집고 들어간다.

장기가 부풀어 오르며 끔찍한 격통이 뇌리를 지배했다.

'이까짓 고통.'

푸후.

가볍게 숨을 내쉰 살로몬이 수인을 이어 갔다.

살로몬 스스로가 생각하기에, 그는 머저리가 맞았다.

똑같이 신성을 얻은 메시아는 각성했다.

각성하지 않았더라면 목숨을 바쳤다고 해도 바알과 단탈리
안, 그리고 수십 마왕의 이목을 속일 수 없었을 것이다.

심지어 그들에게 신성을 양보한 란도 각성했다.

살로몬만 각성하지 못했다.

공간 마법이 마왕들 사이에서도 희귀한 기예였기에 망정이
지, 그렇지 않았다면 살로몬은 다른 평범한 플레이어와 같이 통
합 쉼터에서 태양을 기다리고 있었을 것이다.

카인, 미네르바, 유리 막시모프.

차라리 그들이 부러웠다.

신성이 없을지언정, 권능을 하나씩 가지고 초월자들의 싸움
에서 당당히 1인분을 해낼 수 있었으니까.

그래.

살로몬은 사실 낙오자다.

태양 일행에 속할 자격이 없었다.

그저 일행으로 오래 지냈기에, 호흡이 맞았기에 데려온 구성원일 뿐이다.

"X발."

부끄럽다.

메시아를 보면서 가장 반성했어야 할 사람은 살로몬이다.

어떻게든 제 역할을 해내기 위해 목숨마저 불태우는 메시아를 보면서 왜 살로몬은 아무것도 해내지 못했는가.

메시아는 고향 차원 지구의 사람들을 위해 싸웠다.

살로몬의 고향 차원에 있는 이들은 그들에 비해 가벼운 존재인가?

그렇지 않다.

살로몬도, 그렇게 싸워야만 했다.

대의를 위해서도, 동료를 위해서도.

주저앉아 있어서는 안 된다.

쓰ㅇㅇㅇㅇㅇ읍.

마법을 통해 정제한 압축 시가의 연기가 살로몬의 신체를 타고 밀도 높게 퍼져 나갔다.

폐와 기도가 실시간으로 썩어 들어간다.

"머저리들은 이해할 수가 없어. 이런다고 살 수 있을 것 같나?"

"크로셀. 계산을 다시 해야 할 것 같군. 권능이야."

"이게 권능이라고?"

"그래."

포르네우스가 눈을 총총히 빛내며 주위를 둘러봤다.

일시적이나마 초월자의 감각을 완벽히 차단한 운무.

이는 권능의 영역에 들어서지 않았다면 불가능한 일이다.

'동료의 죽음으로 각성. 정말 필멸자 때나 볼 수 있는 현상이로군.'

이상할 건 없다.

초월하는 이유는 각양각색이다.

하나, 포르네우스가 깨닫지 못한 사실이 있었다.

아니, 생각은 했지만 설마 하고 넘겼다.

시간과 공간.

권능 중에서도 가장 희귀하게 발생하는 권능.

살로몬이 각성할 권능이 '공간 이동' 계열의 권능일 거라고는 상상하지 못했다.

뚜두두둑.

영혼이 탈피한다.

살로몬의 영혼 안에 잠겨 있던 그레모리 신성이 주변과 동화되기 시작한다.

주변에 있는 물체는 단 두 가지였다.

마나, 그리고 담배 연기.

'살린다. 반드시 살린다.'

그보다 먼저 목숨을 희생한 메시아를 위해서.

죽어가는 란을 위해서.

아크랩터 가문의 비기 스모크 매직이 이제까지 그래 왔듯 시전자의 몸을 잠식한다.

극도의 각성 상태에 빠진 뇌.

급속도로 썩어 들어가는 폐.

그리고 필사의 의지.

금단의 경지에 들어간 신체가 기어코 초월의 끝자락을 잡아냈다.

"카인."

살로몬의 나지막한 외침에 카인이 본능적으로 검을 쳐들었다.

다시 한번 검광이 치솟고, 루시퍼의 샛별이 두 마왕의 신성을 위협했다.

고슴도치가 가시를 세우면 제아무리 맹수라도 멈칫할 수밖에 없다.

살로몬이 노린 것은 바로 그와 같은 상황이었다.

살로몬은 안개 속의 기척에 신경을 집중했다.

다행히도, 샛별의 기척을 느낀 두 마왕은 연기 안에서 경계를 끌어 올렸다.

직전처럼 눈에 훤히 보였을 때야 팔을 내주며 막을 정도로 대수롭지 않게 여겼지만, 일시적이나마 감각을 빼앗긴 지금은 상황이 다르다.

성검에 담긴 권능, 루시퍼의 샛별은 초월자라도 단번에 추락시켜버리는 통한의 죽창이다.

경계할 수밖에.

치이이이익.

세 개비째 시가가 살로몬의 폐 속으로 빨려 들어갔다.

살로몬이 미친 사람처럼 손을 휘저었다.

거리, 이동하는 인원.

둘 다 이제껏 해 본 적 없는 수치다.

살로몬식(Salomon式) 스모크 매직 : 더스트 게이트 알파(Dust Gate Alpha).

후우우우웅.

마법진을 이룬 연기가 공간을 잠식한다.

점, 선, 면으로 이루어진 세계에 시간이 더해진 것이 생명체가 사는 현실.

살로몬의 지각이 현실 바깥으로 뻗어 나갔다.

마나가 아닌 생명과 신성을 동력으로 사용하여 펼친 공간 마법.

뒤틀리고 꼬인 마나의 세계가 평소와 다르게 밝았다.

물론 목표지는 멀다.

'할 수 있나?'

부정적인 생각은 떨쳐 낸다.

의미 없다.

해야 한다.

살로몬의 의식이 확장했다.

⁂

70층.

제2차 서열 전쟁 당시, 바르바토스와 그 일당이 전투를 벌이던 곳.

그리고 윤태양과 란이 도주하며 단탈리안을 끌어들인 장소.

단탈리안 입장에서는 좋지 않은 추억이 있는 지역이다.

"여길세."

바싸고가 느긋하게 이를 딱딱거렸다.

단탈리안이 눈썹을 들썩였다.

"여기서 통합 쉼터로 들어갈 단초를 얻을 수 있다는 말입니까?"

"그래. 여기서…… 아래."

새하얀 뼈가 바닥을 가리켰다.

"아래라……."

바싸고의 귀화가 평소보다 타올랐다.

권능 '미래시(未來視)'를 사용하고 있다는 증거였다.

"한시도 집중을 놓으면 안 될 걸세. 정보에 근거해 뽑아낸 예언이 아니라서 잡아채기 어려울 거야."

"까다롭군요."

"다 자네 덕분이지."

단탈리안이 입술을 비틀었다.

"방해하지 않겠네. 잘해 보시게."

바싸고가 장난스럽게 이를 달그락 댔다.

바닥을 힐끗 바라본 단탈리안이 중얼거렸다.

"아하."

"찾았나? 생각보다 쉬웠나 보군?"

"예. 생각보다."

파르르르르륵.

단탈리안의 서책이 거칠게 흩날린다.

이내 마법진이 솟아났다.

단탈리안은 거침없이 마법진을 향해 팔을 꽂아 넣었다.

달그락달그락.

바싸고가 리드미컬하게 손가락을 움직이며 감탄했다.

"호오. '마나 로드'로군."

"방해하지 않는다고 하시지 않았습니까? 닥쳐 주시죠."

마나 로드.

공간 마법이 발생하는 과정에서 간헐적으로 생성되는 일련의 일그러짐.

정확히 명명되지 않은 제4의 차원에서 일어나는 현상이다.

단탈리안은 밑, 전투가 벌어지는 68층에서 마나 로드를 발견했다.

이를 다른 말로 하자면, 살로몬이 만들어 낸 더스트 게이트를 캐치했다는 뜻이었다.

'단탈리안이 마나 로드를 활용할 줄 알다니. 내가 수집하지 못한 정보가 있었군. 이러면…… 발락이 화를 좀 내겠는데…….'

제4의 차원에 진입한 단탈리안의 거대한 손이 게이트의 흐름을 붙잡고는 물었다.

"이겁니까?"

"아마도."

바싸고가 고개를 끄덕이자, 단탈리안이 흐름을 뜯어냈다.

그리고.

카가가가가가가가각!

공간이 통째로 깨져 나갔다.

❊

전쟁의 역사는 무기의 진화와 함께한다.

돌멩이를 들고 싸우던 인간의 선조는 어느 날 청동기를 발견했다.

정확히 기록되진 않았지만, 그 순간 한 지역의 운명 바뀌었을 거라는 사실은 짐작하기 어렵지 않다.

그들은 더 나아가 철기를 개발했다.

철기는 지역을 넘어 한 인종의 운명을 바꿀 정도의 무기였다.

시간이 흘러 칼, 활, 창으로 대변되던 냉병기 시대는 화약 기술의 발전과 함께 열병기 시대로 넘어왔다.

어느새 인류는 그들 자신을 멸망시킬 잠재력을 가진 무기, 핵탄두와 동침하고 있다.

새로운 무기가 개발되고, 시대가 발전할수록 기존에 사용하던 무기의 가치는 떨어졌다.

중세 시대 가장 많은 인류가 사용한 무기인 창과 칼은 근현대에 접어들어서 그 가치를 잃었다.

창은 작살이라는 이름의 사냥 무기가 되었고, 심지어 칼은 요리 도구라는 카테고리로 분류되었다.

창과 칼을 무기의 지위에서 끌어내린 소총 역시 마찬가지의 신세였다.

기껏해야 호신용.

전차, 항공모함, 핵병기 앞에 소총은 무기라고 명함을 들기도 부끄러운 수준이다.

그렇다면 격투기는 어떠한가.

격투기.

신천의
원코인
클리어

총, 칼이 아니라 맨몸을 무기로 활용하는 기예.

짐작하건대 인류의 시작과 함께 발전한 기술이다.

그리고 아마 가장 빨리 버려진 기술이기도 할 것이다.

물론 현대에 와서도 나름의 발전은 했다.

'스포츠'라는 이름의 카테고리로.

현대 지구에서 격투기의 발전은 검도, 양궁, 사격과 그 맥락을 같이했다.

캐치프레이즈는 간단하다.

실전성보다 엔터테인먼트.

분명 그 시작점은 살인을 위한 기술이었으나, 흉악한 본질은 거세되고 형태만 남은 게 현대 스포츠의 현실이었다.

킹 오브 피스트의 기술도 다를 건 없었다.

엔터테인먼트화된 기술을 그러모아 만든 기술의 총체가 바로 초월 진각이었으니.

물론 초월 진각이 인간의 신체에 가장 적합한 기술이라는 점은 부인할 수 없다.

하지만 격투기의 발전이 멈추지 않았다면 과연 지금의 형태였을까.

격투기가 발전을 멈추지 않았다면 어떤 형태였을까?

누군가는 궁금할지도 모른다.

쿠웅.

그리고 이 순간.

태양이 그 질문에 대답했다.

초월 진각을 기어코 실전의 영역으로, 초월의 영역으로 끌어
올렸다.

초월 진각의 묘리.

극도의 '효율'에서 뻗어 나온 신비다.

쿠르르릉.

의식이 확장된다.

초월자가 되는 과정에서, 그리고 그 이후로도 많이 겪은 경
험이다.

콰드득.

대지를 지르밟는 발바닥의 감각이 이제까지와 사뭇 다르다.

초월 진각은 이제 단순히 운동 에너지를 전달하는 데 그치지
않는다.

마나, 신성, 권능.

이적을 증폭시키는 확성기가 되었다.

바르바토스의 눈동자가 필사적으로 태양의 신체를 훑었다.

어떤 방향으로 움직일 것인지.

어디를 때릴 건지, 어떻게 전투를 풀어 나가고 싶은지.

'읽고 싶겠지.'

초월 진각의 또 다른 진전목.

스텝을 밟고 이어지는 초월 진각의 파생기는 이론적으로 동
작의 절반이 완성되기 전까지 예측이 불가했다.

구조적으로 그렇게 설계된 자세다.

극한으로 숙련된 초월 진각은 밟는 순간 전투에서 절대적으로 우위를 점하게 만들어 주는 기술이다.

발바닥을 찍고 돌아오는 에너지가 발목, 무릎, 허리를 거치며 거듭하여 증폭한다.

마나 회로를 긁으며 타오르는 그 기세가 태양의 등골을 짜릿하게 긁었다.

"궁금하지?"

초월 진각의 목적은 충격의 증폭과 의도를 감춤에 있다.

마나가 끓어오른다.

금방이라도 격할 듯, 근육 역시 부풀어 오른다.

하지만 바르바토스는 끝까지 그 의도를 읽지 못했다.

서로 먼저 움직이기를 바라는 치킨 게임.

먼저 손을 든 건 바르바토스였다.

'턱, 가슴, 복부.'

상체를 위주로 방비를 굳힌다.

초월자도 생명체인 이상 육체가 있고, 인간형 생명체의 주요 장기는 대부분 상체에 몰려있다.

당연하다면 당연한 선택.

그를 본 태양의 대응 역시 간단하다.

초월 진각 – 염라각(閻羅脚).

하체를 노린다.

콰드드득.

바르바토스의 다리가 스티로폼처럼 부서진다.

후욱―.

바르바토스가 입을 동그랗게 말았다.

태양이 눈썹을 찡그렸다.

'독.'

정의행(正義行) 오의(奧義) ― 운명(運命).

인지와 동시에 법칙이 개변된다.

'만독불침.'

태양과 바르바토스가 일순간 중독에서 자유로워진다.

쿠웅.

정의행(正義行) 1식 ― 통천(通天): 윤태양식(式) 어레인지.

공간과 바르바토스의 독이 통째로 밀려 나가고.

정의행(正義行) 2식 ― 관심(貫心): 윤태양식(式) 어레인지.

퍼어억.

투포환처럼 쏘아진 태양의 두 번째 타격이 바르바토스의 오른쪽 어깨를 박살 냈다.

"크윽."

바르바토스가 어깨를 붙잡은 채 몸을 비틀었다.

'오른쪽으로 한 걸음.'

녹색 정장의 사냥꾼이 태양의 예측 그대로 움직였다.

"그렇지."

정의행(正義行) 3식 - 지폭(地爆): 윤태양식(式) 어레인지.

콰아아아앙-.

바르바토스의 신체가 공처럼 튀어 올랐다.

태양은 이미 허공에서 그를 기다리고 있었다.

"크아아아아!"

인간의 형상을 취하고 있던 바르바토스의 몸체가 부풀었다.

녹색 정장이 찢어지고, 털이 수북한 괴수의 몸뚱이가 드러났다.

찢어발기는 인두겁: 아크루도 기차.

키이이잉-.

태양의 신성이 다시 한번 발광한다.

극한으로 밀집된 에너지가 스스로 인력(引力)을 발한다.

이미 세 번이나 이어진 연격에 근육이 찢어질 듯 팽창하고, 마나 회로는 덜덜 떨린다.

태양은 멈추지 않았다.

초월에 달한 육체를 한계까지 혹사하여 한 가지 기술을 덧대었다.

정의행(正義行) 4식 - 천굉(天轟): 윤태양식(式) 어레인지.

꽈르르르르릉.

괴수의 팔뚝이 풍선처럼 터진다.

붉은 피가 사방에 비산했다.

콰드드득.

괴수를 파고든 태양의 손이 인두겁을 뒤집어쓴 바르바토스의 본체를 향해 뻗어 왔다.

"여기냐."

붉은 동공이 섬뜩하게 번뜩인다.

바르바토스가 저도 모르게 숨을 들이 쉬었다.

'죽는다.'

계산이 아닌 직감.

바르바토스가 '인두겁: 아크루도 기차의 탈'을 빠져나왔다.

"어딜!"

콰아앙! 콰아앙!

태양이 주먹을 휘둘렀다.

바르바토스의 3대 사냥 컬렉션 중 하나, 인두겁이 사방으로 짓이겨졌다.

아깝다는 생각이 들지도 않았다.

바르바토스는 한 손으로 수인을 맺었다.

유드카르의 술(術): 붕괴.

철컥.

반대편 손이 유피넬 37식의 노리쇠를 후퇴 고정.

뒤이어 총탄화시킨 권능, '붕괴'를 기존의 고압 마나 분쇄탄을 대신하여 삽탄했다.

철컥.

장전이 완료되고 총구가 전면을 향하는 순간, 태양이 인두겁을 뚫고 튀어나왔다.

달칵.

바르바토스의 손가락이 방아쇠를 당기고.

"걸렸다."

태양이 웃었다.

콰아아아아아앙―.

유피넬 37식의 전면부가 차원째로 깨져 나갔다.

하지만 태양에게는 닿지 못했다.

사건의 지평선.

차원을 부수는 일격마저도 사건 너머로 넘어가는 순간 의미
를 잃는다.

"바알의 권능……!"

붕괴의 산탄을 뚫고 나온 태양이 쿠웅― 진각을 밟았다.

살(殺).

역천지공(逆天之工)―파천(破天).

콰드드드드.

푸르카스의 권능이 태양의 마나 회로를 역으로 부수며 뻗어
나온다.

태양 본인의 신체 역시 반쯤 부수며 만들어 내는 통렬의 일
격.

'이거로는 부족해.'

72 마왕은 오랜 시간을 향유해 온 존재들이다.

어떤 변수가 있을지 모른다.

기회가 있을 때 확실히 방점을 찍어야 했다.

그리고 태양에겐 방점을 찍을 마지막 수단이 있었다.

폭발적 팽창.

바알의 권능 사용법과는 다르다.

'근데 그게 무슨 상관이야.'

살(殺)의 기운이 폭발적으로 터져 나온다.

콰르릉!

하늘이 울부짖고.

드드드드!

대지가 몸을 떨었다.

가히, '세계를 죽이는 일격'.

달그락.

산탄총, 유피넬 37식이 바닥에 떨어졌다.

수많은 차원에 그 위명을 떨친 녹색 사냥꾼의 최후였다.

태양이 산탄총을 주워들고 하늘을 올려다보았다.

카드드드드드─.

하늘이 깨져나가고 있었다.

─까아악! 성공이야! 바르바토스를 죽였어!

환호성을 지르는 현혜의 목소리가 태양의 귓가에 맴돌았다.

하지만, 태양은 같이 웃지 못했다.

"어……."

─……태양아?

아닌데.

이거 아니었는데.

이러면 안 되는데.

새파랗게 질린 태양이 발락을 바라봤다.

발락은 여전히 전투 중.

다시 고개를 들어 올리자 깨진 하늘에서 두 인형이 떨어져 내렸다.

해골 신사와 수녀.

그리고 붉은 보석의 책.

낙하지점은…… 란의 전장.

"뭔가 잘못됐어."

※

살로몬의 워리어그레이브는 두 마왕의 감각을 빼앗았지만, 그것은 잠시였다.

"이 빌어 처먹을 새끼가 도망치려고 수를 썼네?"

공간 마법의 낌새를 읽은 것이다.

두 마왕은 동시에 연기 밖으로 빠져나왔고.

포르네우스는 자리에서 멈췄다.

"뭐야. 나 혼자 먹는다?"

"크로셸."

"앙? 왜?"

"느껴지는 것 없나?"

미친 듯이 날뛰던 크로셸의 얼굴이 급속도로 굳었다.

"이건……."

"바르바토스가 죽었어."

"씨X. 우리 지금 X된 거냐?"

반대편에서 발락의 포효가 들려온다.

또한, 윤태양이 다가오고 있었다.

살기를 줄기줄기 뿜으면서.

"저건 무슨……."

크로셸과 포르네우스가 서로를 바라봤다.

다가오는 윤태양에게서 느껴지는 것이 있었다.

"……바알과 닮았군."

"미친……."

두 마왕이 머리를 굴렸다.

루시퍼의 샛별.

아가레스의 시간 정지.

살로몬의 공간 마법 권능.

탐나는 권능은 많다.

그런데…….

짧은 시선 교환.

서로가 서로의 의중을 읽는다.

'중요한가?'

'아니.'

필요 없다.

목숨보다 중요한 건 없다.

둘의 생각이 거기까지 닿는 동시에.

콰가가가가가각!

하늘이 유리창처럼 깨져 나갔다.

"이건 또 뭐야."

"환장하겠군. 크로셀 난……."

"나도!"

상황이 뒤틀려도 너무 뒤틀렸다.

다시 돌아오는 한이 있더라도 지금 당장은 자리를 피하는 게 낫다.

두 마왕이 동시에 자리를 떴다.

살로몬이 고개를 들어 올린 채 시가를 짓씹었다.

"미친……."

공간을 다루는 4차원에 의식을 담고 있던 살로몬에게는 깨진 하늘이 다르게 보였다.

"무슨 일이야?"

"단탈리안이 내 게이트를 이용해서…… 공간을 강제로 이었다."

"뭐?"

"그러니까, 우리가 서 있는 68층과 놈이 서 있는 70층. 그리고…… 통합 쉼터가 이어졌다는 이야기다."

콰드득.

부서진 공간에서 두 인형이 뛰어내렸다.

순백색 수녀복을 입은 여성, 단탈리안과 해골 신사 바싸고였다.

"이거, 자네의 마도는 저평가되었군."

"보여 준 적이 없으니까요."

단탈리안이 장난스럽게 눈을 찡그렸다.

"단탈리안……."

"이런. 살로몬, 오래간만이네요."

살로몬이 눈에 핏발을 세웠다.

단탈리안은 그에 대고 마주 풋 웃었다.

"눈을 그렇게 뜨면 무서워요. 마음을 좀 곱게 쓰는 건 어때요? 할 수 있는 건 없잖아요."

으드득―.

살로몬이 이를 갈았다.

하지만 반박할 수 없었다.

단탈리안의 말이 현실이다.

모든 마나를 68층과 통합 쉼터를 잇는 데 사용해 버린 살로몬은 더 움직일 수가 없었다.

살로몬이 설핏 주변을 훑었다.

이쪽의 가용 전투 인원은 아그리파 기사단장 카인.

그리고 유리 막시모프.

란은 여전히 의식을 잃은 채 쓰러져 있는 실정이다.

단탈리안이 순백색 손가락을 들어 우아하게 휘둘렀다.

파직―.

살로몬이 만들어 낸 더스트 게이트가 흔들리기 시작했다.

살로몬이 이를 악물었다.

"막아야 해."

게이트의 점유권을 탈취하고 있었다.

스릉.

루시퍼의 샛별이 다시금 빛을 발하고, 유리 막시모프가 상위 차원 이데아에서 꺼내 온 무기를 들었다.

"단탈리안이 노리는 건 윤별림이다. 통합 쉼터에 넘어가서 윤별림의 목숨을 저당잡고 협박할 셈이야."

"어머. 잘 아시네요."

수녀의 모습을 한 단탈리안이 요염하게 웃었다.

그와 동시에, 태양이 나타났다.

"단탈리아아아아안!"

"한 발 늦으셨네. 아쉬워라."

생긋 웃은 단탈리안이 게이트 너머로 들어갔다.

태양이 다급하게 고개를 돌렸다.

"바싸고, 발락과……."

"저런. 발락과 어떤 대화를 나눴나 보군? 미안하네만, 나는 잘 모르겠네. 발락과 잘 이야기를……."

태양이 그대로 바싸고의 몸통을 쳐부쉈다.

해골바가지 머리가 데굴데굴 굴러 게이트로 향했다.

"흠. 사실 본체는 이쪽이라네."

데구르르.

바싸고가 들어감과 동시에 게이트가 수축한다.

태양이 다급하게 게이트에 다가갔다.

정의행(正義行) 오의(奧義) - 운명(運命).

본래라면 붙잡을 수 없는 마법 현상.

법칙을 강제로 개변한 태양이 게이트를 붙잡았다.

쾌득, 쾌드드득.

닫히려는 입구가 다시금 벌어진다.

'제발, 제발, 제발.'

태양이 억지로 게이트에 몸을 집어넣었다.

하지만 바뀌는 건 없었다.

태양의 얼굴이 흉신악살처럼 변했다.

"X바아아알!"

'공간 시야로 게이트를 바라보던 살로몬이 이마를 부여잡았다.

태양은 좁아지던 게이트를 붙잡는 데 성공했다.

게이트의 입구를 다시 여는 데도 성공했다.

문제는, 그 과정에서 게이트 통로가 너무 좁아졌다.

아니, 태양이 너무 성장해 버렸다.

반푼이가 되어 버린 게이트가 태양의 신성 용적을 감당하지 못했다.

"들어갈 수 있는 건…… 우리 같은 필멸자 정도."

하지만 게이트를 넘어간 건 초월자다.

그것도 하나가 아니라 둘.

"우리가 가 봤자……."

의미는 없다.

태양이 입술을 깨물었다.

얼마나 강하게 짓씹었는지, 피가 분수처럼 터져 나왔다.

윤태양이 캡슐에 접속한 이유가 무엇인가.

차원 미궁에 뛰어든 이유가 무엇인가.

칼에 살을 저미고, 불을 뒤집어쓰고, 괴수의 아가리에서 사투를 벌인 이유가 무엇인가.

여동생 때문이다.

윤별림 때문이다.

우드드드드득.

초인적인 의지가 좁아진 게이트를 다시 넓히기 시작했다.

"끄아아아아!"

우드드드드득.

게이트가 넓어진다.

하나, 태양의 신성을 감당하기엔 아직도 좁다.

"으아아아아아!"

그때.

스릉.

유리 막시모프가 카인의 성검을 뽑아 들었다.

"잠깐 빌릴게."

"예?"

성검을 뽑아 든 유리 막시모프가 태양을 지나 게이트로 들어갔다.

"먼저 가 있을게. 내가."

그녀가 자그마한 목소리로 태양에게 속삭였다.

빨리 와.

오래는 못 버틸 거야.

단탈리안

감정에는 낙차가 있다.

행복할수록, 나락으로 떨어졌을 때 느끼는 불행이 크다.

매일을 컵라면으로 연명하던 사람은 삼각 김밥도 감사하며 먹지만, 백만 원대 와인을 기분에 따라 골라 마시던 사람에게 이천 원짜리 캔 맥주는 쥐 오줌과 다를 바가 없다.

그런 의미에서 유리 막시모프가 겪은 유년 시절의 행복은 마냥 행운이라고 볼 수는 없었다.

너무 행복해서, 그 이후가 더욱 처참해져 버렸기 때문이다.

유리 막시모프는 유년 시절 이후를 크게 세 가지 키워드로 기억했다.

잦은 이사.

친구들과의 이별.

항상 술에 취해 있는 아버지와 우는 어머니.

그녀의 아버지, 블라디미르 막시모프는 꽤 유능한 사업가였다.

게임 개발자 출신의 사업가 블라디미르는 탁월한 처세술과 금전 감각, 좋은 게임을 고르는 눈을 가졌다고 평가받았다.

평가는 틀리지 않아서 실제로 그의 회사는 승승장구했다.

가정 역시 평화로웠다.

그러나, 그에게 부족한 게 딱 하나 있었다.

운.

월스트리트의 악명 높은 기업 사냥꾼, 칼 에이다의 레이더망에 블라디미르 막시모프의 회사가 걸려들었던 것이다.

그의 방식은 간단했다.

목표 회사의 최대 주주가 되어 회사 경영에 개입했다.

단기적으로 실적을 개선하고, 주식 배당률을 높이는 식이다.

그 과정에서 일어난 대규모 구조조정, 사업부 매각, 인수합병은 신흥 재벌로 명성을 쌓아 가던 블라디미르 막시모프를 완벽하게 파멸로 몰아넣었다.

블라디미르의 인맥은 모조리 업계에서 잘려 나갔다.

잘려 나간 이들이 채우던 자리는 블라디미르에게 적대적인 인물들로 대체되고, 그들은 회사의 앞날을 담보 삼아 당장의 이윤을 추구했다.

블라디미르는 대항했다.

하지만 칼 에이다를 막지는 못했다.

칼 에이다는 블라디미르가 대항할수록 철저하게 그의 손발을 잘라 냈다.

주가를 잔뜩 끌어 올린 칼 에이다는 어느 IT 기업에게 주식을 매도했다.

해당 IT 기업은 블라디미르 기업의 간판에만 관심이 있었다.

블라디미르 막시모프는 하루아침에 회사를 잃고 빚더미를 얻었다.

블라디미르 막시모프는 포기하지 않고 재기를 위해 노력했다.

유리 막시모프에게 아버지라는 존재가 괴물이 된 건 그 순간부터였다.

블라디미르 막시모프는 한때 누렸던 영광과 부를 잊지 못했고, 그것을 되찾기 위해서라면 무엇이든 했다.

그래.

그것이 제 아내와 딸을 파는 일일지라도.

"당신의 제안을 받아들이겠네."

"잘 생각하셨습니다."

블라디미르 막시모프는 단탈리안과 계약했다.

제임스 홉이라는 이름으로 다시 태어난 블라디미르 막시모프는 회사를 창립하고, 게임을 만들었다.

세간에 '단탈리안'이라고 소개되어 공전의 히트를 쳤던 바로 그 게임을.

유리 막시모프는 블라디미르 막시모프와 단탈리안이 한 계약의 증거였다.

아버지는 자신이 보낼 수 있는 최대한의 신뢰로 단탈리안에게 그의 아내와 딸을 실험체로 제공했다.

단탈리안은 한 번의 실패를 겪고, 두 번째 시도를 통해 차원 미궁과 지구를 잇는 데 성공했다.

그렇게 어머니는 죽고, 유리 막시모프는 게임 '단탈리안'의 유저가 아닌 유일한 지구인 플레이어가 되었다.

차원 미궁 1층.

"살아남으셨군요."

해골 병사와 사투를 벌인 끝에 겨우 문에 도달한 유리 막시모프는 층주 단탈리안을 다시 만났다.

"유리 막시모프. 당신이 원하는 모든 답은 위에 있습니다. 미궁의 꼭대기에 올라 모든 것을 쟁취하십시오!"

그녀는 단탈리안에게 물었다.

"한 가지만 알려 줘."

"모든 답은……."

"당신은 우리 아빠 못 죽이지? 그렇게 계약했으니까."

"……."

"아빠는 잘 살고 있어?"

단탈리안이 웃었다.

유리 막시모프는 그 웃음을 보며 미궁을 오르기로 결정했다.

다행히도 그녀에게는 재능이 있었다.

S등급 플레이어가 되고, 유일한 A등급 1인 클랜을 만들고, 제 2계위 마왕 아가레스의 후원까지도 받아 냈다.

하지만 그뿐이었다.

다른 플레이어들의 이권 다툼 앞에서 미궁의 클리어는 자꾸만 지체됐다.

유리 막시모프 혼자 헤쳐 나가기에 차원 미궁은 너무 험난했다.

그녀가 한계를 느끼고 있던 순간 윤태양이 나타났다.

유리 막시모프는 통합 쉼터에 윤태양이 나타난 순간 곧바로 그를 알아봤다.

킹 오브 피스트의 몰락은 가상현실 게임 단탈리안의 오픈 베타를 기점으로 시작되었다.

즉, 그녀가 차원 미궁에 들어오기 전 지구에서 가장 유명한 가상현실 게이머는 윤태양이었다.

모습은 바뀌었지만, 이름과 기량은 여전했다.

그녀로서는 알아채지 못하는 게 더 어려운 일이었다.

'도와야 할까.'

그녀는 태양의 의도와 그를 둘러싼 상황을 확인했다.

그리고 태양을 영입했다.

여쭙잖게 다른 클랜이 개입하는 것보다 그 스스로 활동할 환경만 만들어 주면 더 높게 날아오를 것이라는 사실을 알았다.

그녀가 그러했기 때문이다.

그렇게 태양이 유리 막시모프의 클랜원이 되었다.

그리고, 태양과 대화를 나눈 유리 막시모프는 처음으로 책임감이라는 것을 느꼈다.

"여동생을 구하러 왔다고?"

"네. 휴, 이 멍청한 녀석이 여기 갇혔거든요."

"……네가 죽을 수도 있잖아."

"입으로 내뱉기는 좀 부끄럽긴 한데……. 목숨보다 소중한 거? 저한텐 여동생이 그런 거거든요. 걔가 잘 사는 게 저한테는 행복. 뭐 그런 거라서. 쿵. 클랜장님은 그런 거 없어요?"

괜히 코를 찡그리는 태양을 보면서 유리 막시모프는 가슴이 쿵 하고 떨어지는 것 같았다.

그녀 역시 행복이 어떤 건지 알았다. 그리고 그 행복을 잃어버렸을 때 어떻게 되는지도 잘 알았다.

뒤늦게 죄책감이 몰려 들어왔다.

책임감이 그녀의 심장을 옥죄었다.

유리 막시모프가 게이트에 몸을 던진 건 그런 이유였다.

건물에 불이 난다면 누군가는 꺼야 한다.

불을 지른 사람이 도망갔다고 모두가 불을 구경만 하고 있다면, 결국 남는 건 잿더미뿐이다.

아버지의 과오는 그녀의 책임이 아니다.

하지만…… 누군가는 책임을 져야 한다.

이제까지는 태양이 졌다.

메시아와, 란이, 살로몬 역시 제 몫을 나눠서 졌다.

'이제 내 차례야.'

유리 막시모프의 어머니는 그녀를 위해 희생했지만, 그녀의 불행을 걷어 내 주지 못했다.

결국 태양 역시 본인의 불행을 걷어 내기에는 한 끗이 부족했다.

여동생, 복수, 인류의 구원.

모두가 할 수 있는 모든 것을 해내야 단탈리안이라는 이름의 불행을 걷어 낼 수 있다.

머리카락 한 올, 뇌세포 하나까지 모두 사용해서 단탈리안을 저지해야 한다.

윤태양이 언제 통합 쉼터로 올지 모르지만, 올 때까지 막아 내야 한다.

공간이동 게이트 속에서 이동하는 찰나.

유리 막시모프가 마나를 끌어 올렸다.

이데아(idea) 접속.

이데아에는 인류의 상상력이 만들어 낸 상위 차원이다.

인류가 사용한, 그리고 사용할 모든 무구의 원전이 담겨있는 고금 제일의 보물고이기도 했다.

'여기서 찾아야 해.'

이데아에 놓인 원전은 한낱 물건부터 신화와 전설의 보구까지 모두를 아울렀다.

유리 막시모프의 정신이 이데아를 빠르게 훑었다.

칼의 원전. 검의 원전.

도축용 식칼의 원전.

살인용 대검의 원전.

드래곤 슬레이어(Dragon Slayer)의 원전.

스톰브링어(Storm Bringer)의 원전.

드래곤 슬레이어는 단탈리안을 상대할 때 적합한 무기가 아니다.

스톰브링어 정도의 전승으로는 단탈리안을 죽일 수 없다.

세상에서 가장 날카로운 검.

무엇이든 잘라 내는 도.

아니다.

부족하다.

확신할 수 없다.

유리 막시모프는 수많은 보물을 지나치고, 지나치고, 지나쳤다.

그녀의 의식이 확장을 거듭했다.

확장을 거듭할 때마다 상위 차원, 이데아 역시 확장했다.

검(Sword)의 카테고리를 벗어난다.

창, 활, 메이스, 총.

여덟 태양을 떨어뜨린 활.

천둥을 머금은 소총.

구원자의 시신을 찌른 창.

지나친다.

유리 막시모프는 이데아를 뛰어 다녀가며 무구를 찾았다.

'부족해.'

의식이 더욱 확장한다.

이데아가 '무기' 카테고리도 넘어서기 시작했다.

방패, 갑옷, 돌멩이, 망치, 안경, 의자…….

한참을 뛰던 유리 막시모프가 저도 모르게 육성으로 중얼거렸다.

"찾았다."

유리 막시모프가 비로소 한 물건 앞에 섰다.

그것은, 커다란 회중시계였다.

유리 막시모프가 홀린 것처럼 시계를 향해 손을 뻗었다.

그녀는 시계가 어떤 물건인지 본능적으로 깨달았다.

복제본만으로도 태양의 신성 일부에 예속된 지고의 보구.

소유하는 것만으로 소속된 세계의 시간 선을 벗어나게 해주는 오파츠(OOPArt).

'위대한 기계장치(The Greatest Machinery)' 원전이었다.

달칵.

유리 막시모프가 회중시계를 집어 들었다.

그리고.

파칭.

'이데아'라는 이름의 세계가 무너져 내렸다.

유리 막시모프의 망막에 증강 현실이 떠올랐다.

[플레이어 유리 막시모프가 스킬: 이데아(Idea) 접속으로 권능의 경지에 도달했습니다.]

[권능: 위대한 기계장치(The Greatest Machinery)를 획득했습니다.]

[스킬: 이데아(Idea) 접속이 권능: 위대한 기계장치(The Greatest Machinery)에 편입됩니다.]

타락천사 루시퍼의 권능 '샛별'이 아름다운 빛을 흘리고, 위대한 기계장치(The Greatest Machinery)가 무심하게 시간의 흐름을 대변한다.

유리 막시모프의 정신이 가속했다.

집중에 의한 가속이 아니었다.

끼리리리리릭.

유리 막시모프의 흰 손이 위대한 기계장치의 태엽을 돌렸다.

방향은…… 오른쪽.

[위대한 기계장치(The Greatest Machinery)의 태엽이 빠르게 감깁니다.]

달칵.
작은 마찰음이 들려온다.
유리 막시모프는 본능적으로 알았다.
'이게 1단계.'
1단계, 3배 가속.
당연하지만 이것으로는 부족하다.
달칵.
2단계, 6배 가속.
지나친다.
달칵, 달칵.
3단계, 12배.
4단계, 36배.
윤태양이 사용했던 빨리 감기 버프의 한계점.
유리 막시모프는 손을 멈추지 않았다.
끼리리릭.
작은 저항과 함께, 다시금 태엽이 멈췄다.
그리고.
째깍, 째깍, 째깍, 째깍.

[플레이어 유리 막시모프에게 빨리 감기 5단계 버프가 부여됩니다.]

5단계.

108배의 가속.

감당할 수 있을까 따위의 걱정은 필요 없었다.

차원 미궁에 나동 그라 다니던 모조품과는 다르다.

12시간이나 되던 쿨타임 따위는 없다.

육체만 가속하는 불완전함도 없다.

'이거라면.'

할 수 있을지도 몰라.

스릉.

유리 막시모프가 성검, 루시퍼의 샛별을 뽑아 들었다.

째깍, 째깍, 째깍, 째깍.

손잡이에 감긴 가죽이 그녀의 손에 완벽하게 감겨 들어가는 순간, 게이트가 그녀의 몸을 뱉어 냈다.

"......!"

유리 막시모프라는 인간의 불행에 방점을 찍은 존재를 향해.

유리 막시모프가 검을 휘둘렀다.

꽃

통합 쉼터, 북녘 수인 단지.

후웅.

게이트가 열렸다.

북녘 수인 단지는 통합 쉼터에서도 가장 유동 인구수가 적은 구역이었다.

아름다운 수녀가 입꼬리를 끌어 올렸다.

살로몬은 그 짧은 순간에도 플레이어들의 시선이 모여 일어나는 변수를 우려하여 적절한 장소에 게이트를 소환했다.

덕분에 단탈리안의 등장을 아무도 관측하지 못했다.

'완벽해.'

윤별림을 인질로 잡기만 하면 모든 게 끝이다.

모든 게 단탈리안의 계획대로 되지는 않았지만, 결국 완벽하게 풀렸다.

바알의 신성, 윤태양의 신성, 그리고 지구라는 이름의 거대 차원.

각종 권능과 잡다한 신성들.

오랜 시간 공을 들인 목표들이 단탈리안의 손아귀에 굴러들어오기 직전이었다.

"아, 그 전에."

단탈리안이 힐긋, 뒤를 바라봤다.

머리만 넘어온 해골, 바싸고가 이빨을 딱딱거렸다.

"실례지만, 나를 좀 도와줄 수 있겠나?"

"우스운 꼴이군요. 바싸고."

"윤태양이 이렇게 격하게 반응할 줄은 예상하지 못했네. 아니, 아예 못한 건 아니지만서도…….."

"재미있는 이야기를 하시더군요. 발락과 따로 이야기를 나누셨던 모양입니다?"

"이봐, 단탈리안. 변명이라도 들어주겠나?"

"아니요."

콰득.

단탈리안의 발이 바싸고의 머리를 처참히 짓밟았다.

"뭐, 대충은 예상이 됩니다."

제2차 서열 전쟁이 개막하기 직전, 단탈리안은 바싸고에게 무례를 저질렀다.

"그때의 무례를 잊지 않고 있다. 그런 거 아니겠습니까."

제3계위 마왕, 바싸고는 변덕스럽고 뒤끝이 길다.

바싸고를 아는 이들이라면 모두가 공감하는 명제였다.

물론 그런 악명은 바싸고의 능력을 증명하는 사안이기도 했다.

그는 그런 횡포를 부리면서도 본인이 손해 보는 상황은 절대로 만들지 않았다.

"지금도 마찬가지겠죠. 빠져나갈 구멍을 몇 가지나 파 놓고 오셨습니까? 궁금하네요."

"내가 한 방 먹었군그래."

목만 남은 바싸고가 귀화를 타올리며 단탈리안을 올려다보았다.

단탈리안은 웃고 있었다.

그렇지만 제 팔뚝을 두드리는 손가락의 움직임은 꽤나 거칠
었다.

"자네, 혹시 화가 났나?"

"그럴 리가요. 똥개가 제 똥을 처먹는 건 당연한 일입니다.
당연한 일을 두고 화를 낼 리가 있겠습니다."

말로는 아니라고 하지만 음색과 말투에서 은은히 감정이 묻
어난다.

바싸고가 만족스럽게 이빨을 딱딱거리며 부딪쳤다.

"그거면 됐네."

마지막 말과 함께 단탈리안의 손에서 마법진이 터져 나왔다.

바싸고는 리치 출신의 초월자였다.

다른 말로 하자면, 죽이기 가장 까다로운 종류의 생명체.

단탈리안은 차라리 바싸고를 현장에서 이격시키는 선택을
했다.

"공간 마법? 현명한 선택이네."

"그 낯짝, 다시 보는 일이 없었으면 좋겠네요."

"그건 전적으로 내 의지에 달린 일이지. 어떨 것 같나?"

투웅.

마법진의 발현과 함께 바싸고의 기척이 사라졌다.

마지막 방해물을 치운 단탈리안이 쯧— 하고 혀를 찼다.

바싸고는 어떻게 상대해도 뒷맛이 찝찝한 존재였다.

그래도 이것으로 됐다.

'통합 쉼터에서 마주칠 적은 이제 없다.'

그레모리가 있기는 하지만, 그녀는 전투에 나서지 않는다.

윤태양은 68층에서 더스트 게이트를 붙잡고 씨름하고 있을 터다.

공간 마법에 조예라고는 하나도 없는 주제에 게이트에 붙잡아서 놀라기는 했지만 그뿐.

그가 통합 쉼터로 넘어오는 동안 단탈리안이 윤별림을 발견하지 못할 확률은 한없이 0에 수렴했다.

그렇게 생각하던 단탈리안이 급작스레 뒤를 돌아보았다.

'게이트가…… 작동을 멈추지 않았어?'

게이트의 틈은 신성을 가진 초월자라면 넘어오지 못할 만큼 확실히 조였다. 그러고도 혹시 몰라 단탈리안 본인이 이중 삼중으로 확인했다.

윤태양이 넘어오고 있나?

어떻게?

의문은 곧 해결됐다.

[위대한 기계장치(The Greatest Machinery)의 태엽이 빠르게 감깁니다.]

[플레이어 유리 막시모프에게 빨리 감기 5단계 버프가 부여됩니]

다.]

성검, 루시퍼의 샛별을 쥔 소녀가 믿을 수 없는 속도로 짓쳐
든다.

"유리 막시모프?"

단탈리안이 이채를 띠었다.

스킬 합성.

액셀러레이터(Accelerator) + 원소 방패 – 금(金).

파이어 실드 차지(Fire Shield Charge).

쿠과과과과광!

쏟아지는 방패.

그리고 그와 같은 속도로 뛰어드는 유리 막시모프.

단탈리안이 오른손을 쥐었다.

그에 반영하여 공간이 찌그러졌다.

콰드드득.

유리 막시모프가 찌그러지는 공간에 반응한다.

단탈리안의 눈썹이 꿈틀거렸다.

비정상적인 반응속도.

단탈리안이 제 손을 얼굴로 가져갔다.

유리 가면.

쨍그랑.

콰드드득.

성검이 유리 파편이 된 단탈리안을 뒤늦게 박살 냈다.

단탈리안이 유리 막시모프의 변화를 알아챘다.

위대한 기계장치.

차원 미궁에 비치된 모조품이 아닌, 진품.

바르바토스의 유피넬 37식, 금싸라기 그물과 마찬가지로 물건 그 자체로 권능의 영역에 도달한 보물.

유리 막시모프가 저 보물을 현물로 입수할 방법은 하나뿐이다.

"당신. 차원 미궁에서 지급된 스킬을 권능으로……."

단탈리안이 입을 다물었다.

그것이 가능한 일이라 본 적이 없었기 때문이다.

윤태양.

초월이라는 업적을 이뤘다.

하지만 단탈리안이 넘겨준 신성을 통해 이룬 일이다.

란은 역시 마찬가지였다.

그녀 스스로의 발전도 어느 정도 지분을 차지하겠지만, 초월할 수 있었던 결정적 원인은 역시 윤태양이 신성을 넘겨줬기 때문이다.

메시아와 살로몬 역시 권능을 일깨웠지만, 결국 그레모리가 넘긴 신성 덕분이었다.

또한, 그들의 권능은 애초에 유서가 깊었다.

각자의 세계에서 충분한 시간을 가지고 숙성된 기술들이다.

반면 유리 막시모프의 기술은 어떠한가.

차원 미궁에 비치된 스킬은 기본적으로 마왕의 검수를 받은 기술이다.

마왕이 습득한 기술 중 권능이 되기에 부족하다 생각하여 분리수거하듯 버려 놓은 기술이 '스킬 카드'의 실체다.

유리 막시모프는 그런 스킬을 초월의 경지에 끌어올렸다.

심지어 여타 후원 플레이어들이 받은 권능도 아니고, 그저 스킬을.

'내가 놓친 정답이 있었다고?'

윤태양은 이견이 없을 명답이다.

하지만 부정할 수 없었다.

유리 막시모프 역시 정답이었다.

"하."

그건, 윤태양을 찾느라 쏟았던 시간과 노력이 그저 낭비된 자원이라는 뜻이었다.

"하지만 달라질 건 없습니다."

파라라라락.

페이지가 거칠게 넘어간다.

스킬을 권능으로 끌어올렸다 해도 그뿐.

유리 막시모프는 끝내 초월의 영역에 도달하지는 못했다.

안타깝게도 단탈리안에게 필멸자를 상대할 방법은 차고 넘쳤다.

"시간이 없습니다. 전력으로 상대해 드리지요."

연철: 다이아 프라임

고출력 에너지 팩: 빙룡의 심장 3단 개량형.

청자 모래 일족 비기: 고탄력 로봇 프레임.

유타 바라보타 작(作): 전술 수립 시스템 Ver. 3.

각기 다른 차원에서 채집한 4개의 권능이 동시에 작동한다.

단탈리안의 마법 책은 멈추지 않고 수십 가지 마법을 단 한 호흡에 토해냈다.

핵융합 부스터.

마기 기반 다중 부스터 제어.

…….

권능에 이르지는 못했지만, 한 차원을 호령한 마도 공학의 정수들이 차곡차곡 집대성된다.

"크읏!"

이상을 감지한 유리 막시모프가 단탈리안을 향해 달려들었다.

"저런. 유리 막시모프. 규칙 위반입니다."

적이든 아군이든, 변신하는 장면에서 공격하면 반칙이라고요.

중얼거린 단탈리안이 입술을 핥으며 마법을 완성시켰다.

번쩍.

연성 : 천공 대제 마키아 + 풍신 토르비우스 + 기계 여신 키

신의
원코인
클리어

르케.

마도 공학의 집대성.

각각 하나의 차원을 호령하던 인간형 메카닉 세 구가 단탈리안에 의해 만들어지고, 분해되고, 재조립된다.

쿠웅, 타앙. 콰드드드득.

초고경도 다이아몬드를 몸체로 한 깔끔한 프레임.

전 차원을 통틀어 가장 많은 우주 전쟁 경험을 가지고 있는 드워프 일족, 청자 모래 일족의 비기를 통해 만들어진 몸체는 그 어떤 인간형 메카닉보다 전투에 적합하다.

치익.

인간형 메카닉의 심부, 메인 조작실에 단탈리안이 앉았다.

─시스템 가동. 명령을 내려주십시오, 사령관님.

인간형 메카닉 결투 역사의 지지 않는 샛별, 초월자 유타 바라보타의 전술 수립 시스템이 단탈리안의 조작을 보조한다.

바야흐로 최강의 하드웨어와 지고의 소프트웨어의 완성이다.

치익.

두 다리로 대지를 굳게 디딘 인간형 메카닉 병기가 수증기를 내뿜었다.

쿠웅!

이것이 멸망 징후, 차원절단첨단화극─ 무명 여신의 하사품에 이은 세 번째 초거대 마법.

삼신합체(三神合體) - 수퍼 단탈리안!

단탈리안의 목소리가 메카닉 병기 외면부에 붙어 있는 스피커를 통해 흘러나왔다.

-실례지만, 죽어 주십시오.

삼신합체 - 수퍼 단탈리안이 오른팔에서 차원 절단 레이저 블레이드를 뽑아냈다.

기이이이이이잉-.

유리 막시모프가 18m에 달하는 거신병(巨身兵)을 상대로 마나를 끌어 올렸다.

스킬 합성.

권능 : 일시정지(一時停止) + 절대 영도.

절대영도 - 엔트로피(Entropy): 빅 프리즈(Big Freeze) 일부 구현.

단탈리안의 전방에 예정된 멸망이 그 자태를 드러낸다.

콰드드드득.

하지만 거신병은 신속한 몸놀림으로 마법이 구현되기도 전에 범위를 빠져나갔다.

-바르보타가 개발한 전술 수립 시스템의 요체는 마나의 유동을 읽고 해당 기술의 의도를 읽어 내는 것이지요.

콰지지직!

18m의 거체지만, 거신병의 속도는 108배속 유리 막시모프를 상회했다.

퍼억.

신간의
원코잌
클리어

치이이익!

거신병의 오른팔에서 뻗어 나온 광선검이 유리 막시모프의 팔을 잘라 내는 건 한순간이었다.

"끄으으읏―!"

유리 막시모프가 이를 악물었다.

그녀는 가상현실 게임의 두 번째 실험체로 차원 미궁에 전송되었다.

당연히 그 과정에서 가상현실 캡슐의 보정을 받지 못했다.

다른 말로 하자면, 모든 감각이 온전하다는 이야기였다.

태양처럼.

'할 수 있어.'

이미 수많은 전장을 넘어왔다.

이런 부상 정도는 숱하게 겪었다.

버틴다.

버텨야 한다.

스킬 합성.

이데아(idea) 접속 + 엑셀러레이터(Accelerator).

세계 소환 : 완성(完成).

마나가 다시 한번 뭉텅이로 빠져나간다.

이데아에 비치된 무구의 원전이 거신병을 향해 비처럼 쏟아진다.

―귀찮게…….

기이이이이잉!

거신병, 수퍼 단탈리안의 왼팔이 거대한 포구로 모습을 바꿨다.

−궤도 예측. 회피 시 에너지 효율 80%. 방어 시 에너지 효율 95.6%. 탄막 방어 시스템 가동.

콰과과과과과과과광!

거대한 보구의 비가 지상에 닿지도 못하고 스러진다.

유리 막시모프가 입술을 깨물었다.

스킬 합성.

엑셀러레이터(Accelerator).

원소 방패 − 화(火) + 원소 방패 − 금(金).

유성 실드 차지(流星 Shield Charge).

콰아아아아아앙!

유리 막시모프가 날아가는 방패에 올라섰다.

유리 막시모프가 회중시계를 들어 올렸다.

'이거로는 부족해.'

108배.

말도 안 되는 치트다.

하지만 그런 치트도 초월자 단탈리안 앞에서는 무력했다.

스릉.

카인의 성검이 청명한 검음을 내며 단탈리안을 겨누었다.

외팔이가 된 유리 막시모프의 안광이 창백하게 번뜩였다.

-경고, 적의 동귀어진(同歸於盡)식 테러 가능성. 루시퍼의 샛별이 탑승자에게 닿을 경우 치명적 손상 가능성.

기계 쪼가리도 느낄 정도의 살기.

그야말로 필사의 각오다.

단탈리안이 피식 웃었다.

안타깝게도, 상대의 의도가 명확할수록 대처법도 쉬워지는 법이다.

"기계 여신 키르케 폼(Form) 개방."

-기계 여신 키르케 폼 개방. 탑승자의 위험 감지. 사차원 회피 시스템 : 우주 무희 가동.

유성처럼 쏟아진 성검이 커다란 반원을 그렸다.

콰지지직!

-하방면 고출력 부스터 3체 파손, 전방 부스터 출력 30% 감소.

수퍼 단탈리안의 하체가 형편없이 빠그라진다.

부스터 출력은 곧 기동력이다.

전투 중 중요한 기능 중 하나인 기동력이 3분의 1이 감소.

쉬이 넘길 사안은 아니다.

하지만 단탈리안은 가볍게 혀를 찰 뿐이었다.

"쯧. 시답잖은 짓."

단탈리안의 책이 속살을 드러냈다.

비생명체 한정 시간 역행.

콰드드득.

비생명체에 한정한 시간 역행.

단탈리안이 수퍼 단탈리안 프로젝트를 구상한 이유가 되는 권능이었다.

유리 막시모프가 입술을 깨물었다.

그 짧은 시간에 '위대한 기계장치'라는 오파츠까지 손에 넣어 성장했다.

그리고, 모든 걸 쏟아부었다.

하나 단탈리안은 건재했다.

─쯧. 고작 권능 하나에 이 정도까지 파손되다니. 수정할 부분이 많네요…….

단탈리안의 불만스러운 목소리와 함께 거신병이 빠르게 짓쳐 들었다.

다급히 회피해 보았지만, 거신병의 전술 수립 시스템은 이미 그녀의 동선을 모두 예측했다.

광선검이 유리 막시모프를 향해 짓쳐든다.

피할 새도 없이.

푸른빛 광선검이 그녀의 망막을 채웠다.

그녀가 죽음을 직감한 순간.

스타버스트 하이킥(Starburst High Kick) ─ 캐논 폼(Canon Form).

파칭.

광선검이 깨져 나갔다.

신의
원코인
클리어

"고맙다. 유리."

윤태양이 중얼거렸다.

그리고 거신병을 올려다보았다.

"단탈리안, 이제 끝을 보자."

그의 동공에서 새빨간 불길이 어른거렸다.

❄

'내가 어떤 존재였더라.'

아주 긴 시간을 살아온 초월자는 종종 스스로를 잃곤 한다.

하루 만에 퍼뜩 변하는 게 아니다.

너무 오랜 시절을 살다 보니 본인의 모습이 자신이 기억하던 모습과 어처구니없을 정도로 동떨어져 있게 되는 현상이다.

단탈리안은 그 현상의 원인을 두고 고민한 적이 있었다.

처음에는 너무 많은 기억의 축적이 일어났기 때문이라고 진단했다.

모든 존재는 끝없는 지금을 산다.

지금이 아니고, 지금이 도움이 되지도 않는 과거는 자연스럽게 배제하기 마련인 것이다.

하나 기억이라는 것은 현재의 삶에 도움이 되지 않는 것일지라도 존재의 구성 요소다.

그렇기 때문에, 초월자는 아주 오랜 시간을 살며 종종 본인을 잃고는 하는 것이다.

'그렇게 생각했었지.'

단탈리안은 그 문제에 더 천착했고, 나름의 다른 답을 찾아냈다.

기억력과는 상관없다.

그것은 불완전함에서 기인하는 현상이다.

필멸자는 불완전한 존재다.

초월자는 필멸자를 탈피했지만, 그렇다고 완전한 존재는 아니었다.

성장할 수 있다는 것이 바로 그 증거였다.

모자람이 없다면 더할 것도 없을 것인데, 초월자들은 끊임없이 무언가를 더하고 싶어서 난리이지 않은가.

단지 그뿐이다.

불완전한 존재이기 때문에 그런 현상이 일어나는 거다.

다만, 필멸자와 초월자는 결정적으로 한 가지가 다르다.

초월자는 완전을 추구할 자격이 있는 존재 정도는 된다.

단탈리안은 초월함과 동시에 그 사실을 깨달았다.

동시에, 완전을 추구하기에 한없이 부족한 존재라는 사실 역시 깨달았다.

일생을 완벽한 존재로 살아왔던 단탈리안에게는 충격적인 일이었다.

'아마도 그때부터였지.'

신전의
원코인
클리어

단탈리안은 끊임없이 강함에 집착했다.

영혼의 완성에 집착했다.

그래서 수단과 방법을 가리지 않고 권능을 탐독했다.

방식의 옳고 그름은 관심이 없었다.

나아갔다는 사실만이 중요할 뿐.

그렇게 다음 단계, 그다음 단계를 끊임없이 갈구했다.

아주 오랜 시간을 그렇게 살았다.

그리고, 너무 오랜 시간을 그렇게 살았다.

'확실히 길었어.'

그래서, 단탈리안은 본인이 언제 어떻게 바뀌었는지를 인지하지 못했다.

콰지지직.

삼신합체 - 수퍼 단탈리안의 장갑이 형편없이 부서진다.

필멸자인 유리 막시모프가 휘두르는 권능에도 부서져 나가던 몸체다.

초월자인 윤태양 앞에서 멀쩡하다면 그게 더 이상한 일이리라.

단탈리안이 태양을 보며 웃었다.

이렇게 자신의 온갖 계획을 망치는데.

태양이 밉지 않았다.

단탈리안의 마음에서 샘솟는 태양에 대한 감정은 오히려 긍정적이다.

"놀랍군요."

태양은 단탈리안에게 대답하는 대신 거신병의 팔을 완전히 박살 냈다.

콰지지직!

다른 이들에게 윤태양을 보여 주고 싶다.

내가 알아보고, 만들어 낸 작품이 이만큼이나 자랐다고.

단탈리안 스스로도 본인이 이런 감정을 가질 수 있음에 놀랐다.

-$%#$^@#.

스피커에서 잡음이 새어 나온다.

수퍼 단탈리안에 탑재된 전술 수립 시스템이 오류를 일으킨다.

전술 수립 시스템의 한계다.

바라보타는 분명 초월자인 본인의 전술 수행 능력을 '온전히' 담았다.

그리고 수퍼 단탈리안은 수집한 데이터를 바탕으로 전술을 수립한다.

하지만 태양은 세계에 작동하는 법칙 자체를 비틀어 버린다.

수집한 데이터가 의미가 없어져 버리니, 항상 오답이 나올 수밖에.

'세 번째 대마법은 여기까지인가.'

부서지는 몸체는 끝없이 수리할 수 있다 치더라도, 전투에서 주도권을 잡지 못하는 건 치명적이다.

단탈리안은 미련없이 탑승석에서 탈출했다.

그는 감정적으로 태양에게 적대감을 느끼고 있지는 않았다.

'하지만 할 일은 해야지.'

윤태양의 성장이 기껍게 바라보는 것.

그리고 단탈리안 본인이 성장하는 것.

양립할 수 있는 일이다.

콰과과과광!

형편없이 부서지는 강철 잔해 사이로 윤태양의 모습이 설핏 보인다.

떨어져내리는 단탈리안이 손아귀를 강하게 쥐었다.

콰드드드드득!

공간이 찌그러지기 직전에 윤태양이 몸을 빼냈다.

'짐승 같은 감각.'

분명 사각에서 이루어진 마법이건만, 그 반응이 기민하기 짝이 없다.

"그쪽이냐!"

스타버스트 하이킥(Starburst High Kick) — 캐논 폼(Canon Form).

유리 가면.

콰아아앙!

거대한 인간형 메카닉의 잔해는 여전히 커다란 에너지가 용솟음치고 수증기를 뿜어냈다.

다른 말로 하자면, 기척을 숨기기에 아주 적합했다.

다시금 메카닉이 잔해 사이로 숨어든 단탈리안이 빠른 속도로 마법진을 짜올리기 시작했다.

토(土), 수(水), 목(木), 풍(風).

네 가지 속성이 단탈리안의 사위를 휘감았다.

씨앗과 물이 만나 싹을 틔우고, 꽃과 바람이 만나 또 다른 씨앗이 된다.

다른 이름으로 이를 지칭하자면, 생명이다.

뒤이어 토(土), 화(火), 목(木), 금(金).

또 다른 네 가지 속성이 단탈리안의 사위를 다시 한번 휘감았다.

흙이 제반을 마련하고, 나무가 몸을 희생하여 불의 몸집을 키운다.

커다란 불은 기어코 쇠의 형태마저 어그러뜨려 한 가지 목표로 용도를 제한한다.

그 용도는 살(殺), 죽음이다.

완벽하게 상극인 두 기운이 서로에게서 벗어나려 애쓴다.

쿠웅.

마법의 완성과 동시에 낌새를 눈치챈 윤태양이 잔해 격벽 반대편에서 마나를 끌어 올렸다.

단탈리안이 웃었다.

카오스 레이저(Chaos Laser).

신전의
원코인
클리어

파치이이이잉!

혼돈의 광선이 격벽을 뚫고 쏘아진다.

하지만 윤태양은 이미 자리에 없었다.

애꿏은 메카닉 잔해들만 혼돈의 광선에 녹아 암흑 물질로 화했다.

단탈리안이 다급히 고개를 꺾었다.

"어딜 보시나."

쿠웅.

안정감 있는 한 걸음.

단탈리안이 재빨리 얼굴로 손을 가져갔지만, 이번에는 태양이 빨랐다.

태양의 주먹이 투포환처럼 쏘아져 나갔다.

콰득!

단탈리안의 광대뼈가 시원하게 부서져 나간다.

태양은 감각을 즐기는 대신 나가 떨어지는 단탈리안을 향해 달려들었다.

필멸자였다면 즉사였겠지만, 초월자의 목숨은 질기다.

천변(千變).

나가떨어지는 단탈리안의 잔상이 하나하나 존재가 되어 각기 다른 방향으로 떨어진다.

"어딜!"

삽시간에 단탈리안의 위치를 놓친 태양의 붉은 안광이 화르륵 타올랐다.

하지만 단탈리안의 수가 먼저였다.

멸망 징후(滅亡 徵候).

1천 명의 단탈리안이 각기 10개의 권능과 마법을 발현하여, 초거대 마법을 짜올린다.

태양이 웃었다.

멸망 징후.

단탈리안이 바알을 잡아내는 데 사용한 초거대 마법.

권능의 혁신.

그날, 그 전장 이후 단 한 번도 뇌리에 떠난 적이 없었다.

멸망 징후는 단탈리안을 죽이기 위해서 반드시 파훼해야 할 마법이었다.

"해보자고."

불이 뿜어져 나온다.

뒤이어 뻗어 나온 바람이 불을 보조해 염화(炎火)로 그 덩치를 키우려 하지만, 폭풍의 정령군주 아라실이 불길을 죽였다.

신목이 소환된다.

태양의 발끝에서 뻗어 나온 은하를 닮은 광선이 아름드리나무를 그대로 박살 냈다.

세계를 멸망시킬 독은 고이기 전에 단지가 먼저 부서지고, 성배는 구축되지만 아무 것도 담지 못한다.

바알의 저항을 상정해 만든 또 다른 대마법, 차원절단첨단

신컨의
원코인
클리어

화극(次元切斷尖端畵戟)은 코빼기도 모습을 보이지 못했다.

말 그대로, 완벽한 카운터였다.

❊

단탈리안이 멍한 눈으로 태양을 바라봤다.

콰드득.

두 손으로 마법을 부수고, 두 발로 신비를 부수며, 의지로 이능을 부순다.

그 어떤 방도도 두 발로 뚜벅뚜벅 걸어오는 윤태양을 해하지는 못한다.

하늘 아래 그를 막을 자는 없어 보인다.

그야말로.

'무쌍(無雙).'

단탈리안은 문득 깨달았다.

"바알과 같다."

놀랍도록 닮았다.

이는 무엇을 의미하는가.

윤태양이, 바알의 신성을 온전히 흡수했다.

바알이 가진 힘의 원천, 무쌍마저도 체화했다.

"크하하하하하하!"

단탈리안이 웃었다.

"왜. 질 것 같으니까 웃음이 쳐 나오냐?"

"전투에 한해서는 당신이 저를 뛰어넘었군요. 놀랍습니다. 인정하죠. 하……."

"인정은 됐고, 죽어 주면 좋겠는데."

"그건 안 되겠습니다. 저도 정진해 온 세월이 있는지라."

쿠웅.

윤태양이 다시금 진각을 밟음과 동시에 단탈리안이 입술을 달싹였다.

만변(萬變).

단탈리안의 존재가 1만 개의 갈래로 갈라진다.

이번에는 공격을 위한 포석이 아니다.

"술래잡기 한번 할까?"

"이봐! 윤별림을 살리고 싶다면 순순히 따라오는 게 좋을 거야. 앙?"

"메롱! 이쪽이다!"

"어디 한번."

호리호리한 체격의 청년 단탈리안.

사나운 깡패 단탈리안.

단아한 소녀 단탈리안.

진중한 중년 단탈리안.

…….

천의 열 배.

무려 일만의 단탈리안이 윤별림의 생사를 인질로 통합 쉼터 전역으로 일파만파 퍼져 나간다.

하나, 윤태양의 표정은 평온하다.

'왜지?'

윤별림은 윤태양에게 무엇과도 바꿀 수 없는 소중한 존재다. 그런 존재가 담보로 걸렸는데, 어째서 윤태양에게 여유가 있을 수가 있는가.

'뭔가 이상해. 어색하다. 어째서…….'

태양이 단탈리안을 보며 중얼거렸다.

"넌 X같은 방향으로는 절대 예상을 벗어나질 않는구나?"

현 상황과는 다르지만, 발락과 윤태양은 애초에 단탈리안이 통합 쉼터로 숨어들 것을 예측했다.

다만 그 시기가 문제였다.

바싸고는 발락과 윤태양이 만반의 준비를 갖춘 상태에서 단탈리안을 통합 쉼터로 배달하겠다고 약속했었다.

여하간.

통합 쉼터에서 단탈리안을 상대할 준비는 되어 있었다.

차원 미궁의 19층부터 21층을 담당하는 제56계위 마왕 그레모리.

그녀의 이명은 진실이다.

'여지껏 사용해 온 다른 권능들과는 달라요. 대가가 가볍지 않을 거예요.'

'…….'

'다시 말씀드리지만, 몸에 권능을 새기는 건 영혼을 깎아 그 상흔으로 문양을 만드는 것과 같아요. 결코 나을 수 없어요. 그래도…… 하시겠어요?'

'상관없습니다.'

태양의 오른쪽 안광이 비정상적으로 붉게 타올랐다.

단탈리안은 뒤늦게 어색한 이유를 깨달았다.

"그 눈, 그레모리의 머리칼과 색이 같군요."

"그래. 그녀의 권능이야."

그레모리의 이명이자, 그녀의 권능.

'진실'이 태양의 동공에서 기능하고 있었다.

윤태양은 1만의 분신들 사이에서 정확히 단탈리안 본인을 직시하고 있었던 것이다.

깜빡.

태양은 문득, 오른쪽 시야가 흐려짐을 느꼈다.

많은 데이터를 처리하는 과정에서 과부하가 온 탓이었다.

단순히 눈만 머는 게 아니다.

영혼이, 신성 그 자체가 실시간으로 깎여 나가고 있었다.

그레모리가 새긴 상흔이 모두 깎여 나가면 '진실' 권능도 사용할 수 없게 된다.

단탈리안을 잡을 방법이 없어진다는 뜻이다.

"빌어먹을."

신킨의
원코인
클리어

태양이 조용히 욕설을 지껄였다.

본래 계획대로라면 리스크 없는 싸움이 돼야 했다.

이 자리에 발락이 있었을 테니까.

발락이 별림을 지키는 동안 태양이 단탈리안을 상대하는 게 계획의 주요 골자였다.

하지만 이 자리에 발락은 없었다.

별림을 지키며 단탈리안과 싸울 수 있을까.

'아니.'

단탈리안은 마법사다.

공격 주도권이 단탈리안에게 넘어가는 순간 태양 쪽으로 기울었던 판세는 단탈리안 쪽으로 기울 터였다.

단탈리안을 죽이기 위해선 태양이 공세를 취해야만 한다.

발락이 오기를 마냥 기다리기엔 태양에게 주어진 시간이 많지 않았다.

눈이 멀기 전에, 그리고 별림이 잡히기 전에 이 싸움을 끝내는 게 현실적으로 노릴 수 있는 유일한 승리 플랜.

"유리 막시모프!"

태양이 소리를 지르며 그녀에게 무언가를 던졌다.

철컥.

"이건?"

권능의 위에 오른 바르바토스의 산탄총.

유피넬 37식.

"몇 발 들어 있는지 몰라."

말과 함께 태양이 턱짓으로 떠나라고 일렀다.

그 의미는 간단하다.

단탈리안의 분신들에게서 별림을 지켜라.

유리 막시모프가 고개를 채 끄덕이기도 전에 태양이 먼저 쏘아져 나갔다.

콰드득.

남은 결과는 이제 둘 중 하나다.

단탈리안의 분신이 별림을 사로잡거나.

아니면 그 전에 태양이 단탈리안을 죽이거나.

진실을 꿰뚫는 눈.

용왕의 신체.

무쌍의 기세.

비로소 완성의 경지에 오른 전사가 대적을 향해 달려들었다.

❊❊❊

사파리에서 동물들은 각기 서열이 있다.

코끼리는 초원의 왕으로 군림한다.

사자는 코끼리의 눈치를 살피는 경향이 있기는 하지만, 그 역시 최상위 포식자다.

얼룩말과 가젤은 풀을 뜯을 때, 물을 마실 때도 끊임없이 주위를 살핀다.

미어캣쯤 되면 눈치가 곧 생존이다.

사파리에서 이들의 삶은 천지 차이다.

하지만, 인간은 그들을 다르게 취급한다.

사파리의 제왕 코끼리를 존중하지 않는다.

최상위 포식자 사자를 존중하지 않는다.

모두 인간의 사냥감.

혹은 동물원에 집어넣을 수집품이다.

사실 인간은 모든 다른 인간에게도 그런 잣대를 내민다.

인간은 자신과 동등하거나 그 이상이라고 판단한 인간만을 존중한다.

초월자의 시선으로 보는 필멸자 역시 그랬다.

너무 나약하고, 불완전하며, 미숙하기 짝이 없어서.

불꽃처럼 타오르는 재능이라도 갖고 있지 않은 이상, 존중하기가 너무나 힘들다.

볼케이노 이미테이션(Volcano Imitation).

콰과과과과광!

통합 쉼터가 무너져 내린다.

인간 진영 플레이어들이 한 땀, 한 땀 쌓아 온 역사가 마법 한 방에 스러진다.

"한때 제가 이런 존재였다는 게 가끔은 믿기지가 않아요."

"웃기는 일이지."

안경을 낀 깡마른 남자 단탈리안의 중얼거림에 다크서클이 짙게 내려온 중년의 남자가 고개를 끄덕였다.

플레이어들이 덤벼들었다.

하나하나가 차원 미궁의 최전선에 도달한 플레이어들이지만, 단탈리안 앞에선 귀찮게 앵앵거리는 파리일 뿐이었다.

딱.

가볍게 튕긴 손가락에 플레이어의 머리가 터져 나간다.

투둑.

"끄아아아아악!"

뒤이어 이어진 마법에 플레이어 세 명이 칠공에서 피를 뿜어냈다.

네 플레이어의 처참한 죽음에 나머지 여섯 플레이어가 걸음을 멈춘다.

"그래요. 대들지 않으면 죽이지 않습니다. 저들처럼 되고 싶습니까?"

깡마른 학자 단탈리안이 손가락을 뻗었다.

시선을 따라간 플레이어들의 동공이 확장된다.

천문의 2대 장문, 악도군.

강철늑대 용병단의 단장, 잉그램.

아그리파의 부기사단장, 슐츠.

차원 미궁에서 손에 꼽히는 강자들의 시신이 마치 돌멩이처럼 널브러져 있었다.

플레이어들이 무릎을 꿇었다.

단탈리안의 분신들은 통합 쉘터를 점령하는 데 채 10분을 넘게 소비하지 않았다. 단 두 발의 원자폭탄이 일본에게서 무조건 항복을 이끌어 냈던 것과 같다.

압도적인 폭력의 그들 옆에 떨어져 내리는 즉시, 플레이어들은 전투 의사를 잃었다.

단탈리안들은 웃는 얼굴로 플레이어들 사이를 돌아다녔다.

그리고 같은 말을 반복했다.

말은 두 종류였다.

"기어오르지 않으면 밟지 않습니다."

그리고.

"윤별림은 어디에 있습니까?"

……

콰과과과광!

대답하지 못한 플레이어 한 명이 죽어 나간다.

"어디에 있냐고! 어디에 있냐고! 어떻게 아는 사람이 한 명도 없어?"

얼굴에 큼직한 흉터를 가진 청년 단탈리안이 제 분을 이기지 못하고 화를 내질렀다.

외부로 나갈 공간이 없다고는 하지만, 통합 쉘터는 억 단위 인구가 상주하는 초거대도시였다.

아무리 숫자가 많다지만, 한순간에 찾아내기에 통합 쉘터는 많이 넓었다.

"아. 그냥 다 밀어 버릴까?"

화려한 금빛 드레스를 갖춰 입은 숙녀 단탈리안이 청년 단탈리안을 보며 눈썹을 쳐들었다.

"이봐요. 품위를 지키시죠?"

"뭐?"

"보기 불편하니까 품위를 지켜 달라고요!"

"불편하면 자세를 고쳐 앉아! 난 단탈리안의 예의 없는 면에서 비롯된 존재거든?"

"하! 정말 수준 떨어져서 못 들어주겠네!"

단탈리안에서 비롯된 일만 명의 단탈리안들.

짧은 순간은 통제가 되었지만, 길어질수록 하나의 객체가 되어가고 있었다.

"이봐. 지금 싸울 때가 아니야. 시간이 없다고. 본체가 죽을 거야."

"하, 죽으면 죽으라죠. 저런 품위 없는 존재가 저라는 사실을 받아들이는 것보단 차라리 죽는 게 낫겠어요."

"이 아줌마 말하는 거 봐라?"

"하아, 인정할 수 없어. 차라리 독립 개체로 분화할 순 없나?"

"어라? 그거 좋은 생각인데? 우리도 신성 하나만 어떻게 구하면……."

다르게 말하자면, 팀워크가 안 좋아진다는 이야기다.

하나하나가 개성이 살아 있는 만변(萬變)이기에 일어나는.

그리고 정도 이상으로 영리한 단탈리안이기에 일어나는 부작용이다.

하지만 그럼에도 불구하고 일은 너무나 순조롭게 진행됐다.

제대로 일하는 소수의 단탈리안만으로도 일은 너무나 쉽게 해결할 수 있었기 때문이다.

콧등에 반창고를 붙인 소년 단탈리안이 삐딱하게 고개를 꺾었다.

"너도 몰라? 그래. 그럴 수 있지. 자, 아프진 않을 거야."

퍼억ㅡ.

인간의 머리가 수박처럼 터져 나간다.

소년 단탈리안은 무기질적인 표정으로 고개를 돌렸다.

"다음."

"……."

"뭐야. 이 인간 소금쟁이 같은 녀석은?"

"이봐요, 단탈리안. 당신의 체면이 곧 제 체면입니다. 제발 말을 가려서……."

"조용히 해. 아니면 네가 다 할래?"

소년 단탈리안이 또 다른 단탈리안의 의견을 가볍게 묵살한 다음 고개를 돌렸다.

"이봐, 소금쟁이. 죽기 싫으면 대답해. 윤별림 어디 있어? 너도 몰라?"

"……압니다."

소금쟁이를 닮은 인간의 대답에 소년 단탈리안이 눈을 번쩍 떴다.

"알아?"

"……예."

"살려고 거짓말하는 거 아니야?"

"아닙니다."

"어디 출신인데?"

큰 키에 비해 기형적일 정도로 마른 흑인 남자가 입을 열었다.

"차원 지구 출신입니다."

소년 단탈리안이 고개를 돌렸다.

분홍빛 원피스를 입은 자홍색 머리칼의 소녀 단탈리안이 고개를 끄덕였다.

"거짓은 아니야."

그와 동시에 두 플레이어가 난입해 남자에게 달려들었다.

"배신자 새끼!"

"챙겨 먹을 건 다 챙겨 먹어 놓고!"

수라도(修羅道).

최후통첩 : 일도양단.

하지만.

블랙 마나 쉴드(Black Mana Sheild) ─ 아키타입(Archetype).

신컨의
원코인
클리어

후욱.

목숨을 건 일격은 너무나 허무하게 무용으로 돌아간다.

소년 단탈리안이 픽 하고 웃었다.

"좋아. 반응을 보아하니, 정말이네. 이름은?"

"케빈 듀넷. 클랜 '불꽃'의 마스터입니다."

꽃

유리 막시모프의 클랜하우스.

별림이 인상을 찌푸렸다.

"젠장, 먹통이네."

그녀의 앞에는 먹통이 된 클랜 전용 출입 게이트가 있었다.

본래 클랜원들이 함께 스테이지로 이동하는 용도로 만들어
진 게이트다.

다른 층으로 이동해 시간을 벌어 보려는 계획이었는데, 단탈
리안이 수작을 부렸는지 게이트가 먹통이 되어 있었다.

아그리파 기사단 1번대 대장, 라빈이 중얼거렸다.

"통합 쉼터 중앙 게이트도 비활성화된 것을 확인했으니……
플레이어가 자력으로 쉼터 바깥으로 빠져나가는 방법은 사실상
없다고 봐야겠군요."

그에 천문의 뇌제, 운룡이 고개를 끄덕였다.

"다른 답이 없겠어."

라빈과 운룡.

상황이 발발하자마자 윤택이 재빨리 데려온 이들이었다.

별림이 그들에게 꾸벅, 고개를 숙였다.

"……이러지 않으셔도 되는데. 감사합니다."

"아뇨. 별림. 당신은 윤태양의 가장 소중한 사람……."

"컷흠."

윤택이 재빠르게 헛기침을 했다.

"빠른 설득을 위해 msg를 좀 쳤어. 1분 1초가 중요했잖아. 이해하지?"

"여동생이에요."

라빈이 가볍게 고개를 끄덕였다.

"가족. 틀린 설명은 아니었군요. 가족은 가장 소중한 사람이 맞지요."

운룡이 뒷머리를 긁었다.

"윤태양이 탑에 오른 이유가 너 때문이라면서? 네가 단탈리안에게 넘어가는 순간 플레이어들은 전부 끝장이잖아. 딱히 너 때문이 아니니까 고마워하지 않아도 돼. 그런데 친구들. 지금 시답잖은 이야기를 하고 있을 때가 아닌 것 같은데."

"맞습니다. 그나저나, 이렇게 된 이상 가장 효율적으로 시간을 벌기 위해선 도시를 빠져나가는 게 낫겠습니다."

라빈의 말에 엄윤택이 물었다.

"차라리 시가전을 하는 게 낫지 않겠습니까? 황무지로 도망

신전의
원코인
클리어

치기엔 너무 늦었습니다. 탁 트인 황무지라 아무리 멀리 도망가도 형체가 보일 텐데…….”

“오빠 쪽 상황은 어때요?”

“어? 아, 태양이 형?”

윤택이 허공으로 시선을 옮겼다.

방송을 통해 태양의 상황을 관찰하는 것이었다.

“어…… 싸우고 있고, 몰아붙이고 있어. 그런데 얼마나 걸릴지는 모르겠어.”

“아까랑 같아요?”

“솔직히 동작 하나하나 따라가기도 벅차. 이기고 있는 것 같기는 한데…….”

그때, 운룡이 끼어들었다.

“이봐. 준비해.”

달칵.

운룡이 창을 집어 들었다.

⁂

“찾았다.”

단탈리안이 웃었다.

태양이 눈썹을 꿈틀거렸다.

“항복하시죠. 여동생을 잃기 싫으면.”

현혜가 끼어들었다.

-아니야. 거짓말이야. 별림이는 아직 안 잡혔어.

"아직?"

-……위치를 들키기는 했어.

콰르르르르릉.

태양의 마나가 거칠게 타오르기 시작했다.

단탈리안이 작게 미소 지었다.

'좋군.'

이제까지의 전투는 명백히 태양의 우위였다.

하나, 조급한 마음이 윤태양의 행동에 균열을 만들기 시작했다. 동작이 미세하게 커지고, 불필요한 마나 소비가 많아진다.

태양이 저돌적으로 돌진했다.

단탈리안은 잡힐 듯, 잡히지 않는다.

전투의 주도권이 옮겨가기 시작했다.

⁂

콰아아아아앙-.

유리 막시모프의 클랜 하우스가 한순간에 반파되었다.

소년 단탈리안이 후하고 제 손가락을 불었다.

"와, 여기 친구들 수준이 좀 괜찮은데? 전시 좀 해야 하나?"

"전시할 필요 없어. 목표가 저기 있잖아."

"아, 그러네."

"바보. 너 단탈리안 맞아?"

콧등에 반창고를 붙인 소년과 자홍빛 소녀가 티격태격 말싸움을 했다.

운룡이 그들을 향해 창을 겨누었다.

"피차, 서로 말을 길게 할 사이는 아닌 것 같은데."

그 말에 소녀 단탈리안이 대답했다.

"윤별림을 넘기면 너희는 살려 줄게."

"그 다음은?"

"다음?"

"윤태양을 죽인 다음을 말하는 거다."

소녀 단탈리안이 입술을 삐죽였다.

"윤태양을 죽이고. 네 목표를 달성하고. 쓸모없어진 우리를 어떻게 처리할 거냐는 거다."

조류 인플루엔자에 걸린 닭은 모조리 살처분 당한다.

구제역에 걸린 돼지 역시 살처분 당한다.

인간이 이들을 살처분하는 이유는 이들이 전염병에 걸렸기 때문이기도 하지만, 근본적으로 더 중요한 문제가 있다.

그것은 바로, 병에 걸린 고기는 먹거리로 부적합하다는 것이다. 인간 역시 경제적 요인이 없어진 돼지와 닭을 살처분한다.

단탈리안 역시 마찬가지일 것이다.

천제지공(天帝之工).

파지지직.

운룡이 기운을 끌어 올렸다.

"네놈들, 우리를 인간으로 안 보잖아."

천뢰굉보(天牢轟步).

쫘릉.

번개 치는 소리와 함께 예리한 창날이 뻗어 나간다.

정의행(正義行) 2식 – 관심(貫心).

탐색전 따위는 없다.

처음부터 전력을 다해 심장을 관통한다.

"허튼짓."

자홍빛 소녀 단탈리안이 앙증맞은 손을 쥐었다.

쫘드드드득.

운룡의 창이 공간째로 구겨진다.

일 합 만에 난 결판.

운룡의 얼굴이 창처럼 사정없이 구겨졌다.

"빌어먹을!"

곧장 아공간에 손을 뻗어 예비 창을 꺼내 든다.

짧은 사이 소녀 단탈리안의 뒤를 점한 라빈이 검을 휘둘렀다.

스릉.

월광(月光) – 새벽, 반달.

달빛을 머금은 검날은 태양이 보았던 때와 비교할 수 없을
정도로 날카롭다.

신권의
원코인
클리어

하지만, 검로를 가로막은 소년 단탈리안의 몸은 그보다 더욱
단단했다.

까아아앙!

"무른데. 겨우 이거 믿고 덤빈 거야?"

천수관음(千手觀音) - 탈각(脫却).

콰드드드드.

소년 단탈리안의 장심이 라빈의 가슴팍을 강타했다.

"커헉."

라반이 피를 분수처럼 토하며 나가떨어졌다.

소년 단탈리안이 고개를 홱 돌렸다.

"너, 쉽게 가자."

"……."

"죽이지 않을 거야. 와서, 네 오빠만 설득해 주면 돼."

소년 단탈리안이 별림을 향해 다가간다.

운룡이 그 사이를 끼어들었다.

"방해하지 마. 한입 거리도 안 되는 게."

한입 거리도 안 된다는 사실은 안다. 하지만 무인에게는 안
되는 줄 알면서도 나서야 할 때가 있는 법이다.

별림이 방패를 들고, 운룡이 다시금 창을 굳게 쥔다.

쓰러진 라빈 역시, 비틀거리며 일어났다.

소년 단탈리안이 귀찮다는 듯 고개를 주억거렸다.

"굳이 어렵게 가겠다면, 어쩔 수 없이."

콰드드득―.

별 방패.

요술 : 거대화.

"뭐야, 이건?"

"장난 재미없어. 빨리 끝내자."

전투 개시 후 방패가 찌그러지는 데 걸린 시간은 대략 10초.

자홍빛 소녀 단탈리안이 입술을 쭉 내밀었다.

"짜증 나. 죽이면 안 되어서 출력 조절이 어려워."

"그러니까 말이야."

별림이 입술을 깨물었다.

전투가 성립되지 않는다.

일방적인 폭력.

하나 허무하게 목숨을 내줄 수는 없었다.

그렇게 1분이 지나고. 3분이 지난다.

목숨을 담보로 버텨 내는 별림을 보며 소년 단탈리안이 이죽
거렸다.

"시간을 벌면 너한테 유리할 것 같아? 통합 쉼터에만 단탈리
안이 1만 명이 깔렸어."

콰드드드득!

정신이 팔린 사이에 그녀의 방패가 공간 사이에 압착되어 구
겨진다.

"잡았다!"

소녀 단탈리안이 마법진을 그리고, 쇠사슬이 별림을 향해 덮쳐 온다. 라빈의 달빛을 닮은 검기와 운룡의 번개 같은 창이 동시에 쏟아진다.

하지만 느리다.

별림은 몸부림이 끝에 달았음을 깨달았다.

마음가짐으로 되는 일도 있지만, 마음가짐만으로는 안 되는 일도 있는 법이다.

째깍, 째깍, 째깍, 째깍.

급기야는 시계 소리가 들려오기 시작했다.

1초를 수십 개로 쪼개는 전장에서 선명하게 들려오는 시계 소리.

'이게…… 죽기 전에 듣는 환상일까?'

주마등을 보고 싶었는데.

스륵.

한 인형이 별림을 스쳐 지나갔다.

'유리 막시모프?'

[위대한 기계장치(The Greatest Machinery)의 태엽이 빠르게 감깁니다.]

[플레이어 유리 막시모프에게 빨리 감기 5단계 버프가 부여됩니다.]

"뭣?"

소년 단탈리안이 고개를 돌렸을 적엔 이미 바르바토스의 권능 무기, 유피넬 37식이 그의 미간을 겨누고 있었다.

단탈리안 본체였다면 당하지 않았을 일격.

당연한 이야기지만, 분신인 만큼 능력에 결손이 있을 수밖에 없다.

콰앙.

"꺄아아악!"

소녀 단탈리안이 놀라서 소리를 지른다.

소녀이기 때문에 심약한 것일까.

모른다.

아니, 알고 싶지 않다.

밝게 빛나는 루시퍼의 샛별이 소녀 단탈리안의 경동맥을 가볍게 긁었다.

푸화하하하학!

유리 막시모프가 벌벌 떨고 있는 엄윤택을 밀치고 별림을 붙잡았다.

"뭐 해, 안 움직이고."

⁂

미궁 바깥, 차원 격벽.

타오르는 듯한 붉은 머리칼을 허리까지 늘어뜨린 깡마른 여인이 울 듯한 얼굴로 어딘가를 바라본다.

철컥-.

산탄총을 재장전한 유리 막시모프가 단탈리안의 분신을 향해 총구를 겨눈다.

바르바토스의 산탄총에 담긴 마지막 한 발.

1분 1초의 지연이 곧 승리의 열쇠가 되는 지금 상황에서, 마지막 총알을 소모하는 일은 너무나도 아깝다.

하지만 아쉬움 역시 살아 있어야 느낄 수 있는 감정.

유리 막시모프의 손가락이 방아쇠를 당겼다.

타앙-.

권능, 진실을 통해 통합 쉼터를 관찰하던 그레모리가 낮은 탄성을 내질렀다.

"아……."

격발과 동시에 통합 쉼터의 건물 세 채가 주저앉았다.

마나 분쇄탄은 건물과 동시에 공간에 퍼져 있는 마나도 깔끔하게 갈아 버렸다.

하지만, 목표였던 단탈리안의 분신은 털끝 하나 건드리지 못했다.

단탈리안이 주력 회피기, 유리 가면으로 유리 막시모프를 깔끔하게 농락했다.

기실, 단탈리안의 수는 그렇게 짜임새 있지 않았다.

차분히 전투를 풀어 나갔다면 유리 막시모프의 기량으로 충분히 피해 갈 수 있었을 함정이다.

"지쳤어."

시간 가속 탓이다.

108배로 가속한 유리 막시모프는 1초당 대략 2분의 시간을 견뎌야 했다.

그녀는 통합 쉼터에 돌입한 지 약 30분이 지났다.

1분이면 2시간.

30분이면, 약 2일 하고도 12시간.

평범한 인간이라면 단순히 자지 않고 버티는 것만으로도 극심할 피로를 느낄 만한 시간이다.

유리 막시모프는 그 긴 시간을 격렬한 전투로 보내고 있었으니 피로감은 이루 말할 수 없으리라.

'당장이야 정신력으로 버티고 있다지만…….'

과연 얼마나 더 버틸 수 있을까.

그레모리가 손톱을 깨물었다.

시간이 갈수록 초조해진다.

그녀를 초월에 이르게 한 비극이 자꾸만 연상된다.

그레모리가 입술을 깨물었다.

모든 지성체는 사회적 동물이다.

소중한 존재를 잃으면 고통을 받는다.

그건 초월자라고 해도 마찬가지다.

"읏……."

그레모리가 인상을 찌푸렸다.

그녀의 동공을 타고 태양이 겪고 있는 통증이 설핏 올라온 탓이었다.

'이런 통증을 아무렇지도 않게 견디며 싸우고 있는 건가.'

그레모리가 눈을 감았다.

눈꺼풀에 뒤덮인 어둠이 존재해야 할 그녀의 시야에 역동적인 색채가 잡힌다.

태양과 공유된 시야.

시야는 거칠게 떨렸다.

사각에서 들어온 단탈리안의 마법에 직격당했다.

그레모리가 꾸욱, 손을 쥐었다.

무력은 태양이 앞서 보였지만, 단탈리안의 변수 창출 능력은 초월자 중에서도 탁월했다.

태양은 흔들림을 보였으면 안 됐다.

단탈리안은 노련하게 태양의 급한 심리를 이용해 그를 갉아먹고 있었다.

그레모리가 초조하게 손가락을 두들겼다.

더 이상의 개입을 하면 안 된다는 사실을 안다.

하지만, 이미 '본' 장면의 반복이 그녀의 심장을 거세게 옥죄었다.

"안 되겠어."

그레모리가 자리에서 일어나려는 순간, 뼈 손가락이 그녀의
어깨를 짚었다.

"차원 격벽. 여기에 있을 줄 알았지. 오랜만일세, 그레모리."

"바싸고?"

신사의 형상을 한 해골이 중절모를 살짝 들어 올려 예의를 표
했다.

그에 그레모리가 마지못해 마주 고개를 끄덕였다.

"오랜만이네요."

바싸고는 단도직입적으로 용건을 이야기했다.

"하지 말게."

"바싸고, 또 저를 읽었나요?"

"하면 안 된다는 사실을 알잖나."

그레모리가 슬쩍 시선을 떨어뜨렸다.

"우린 차원의 운명에 개입할 수 없어. 해서도 안 되고."

"알고 있어요."

"항상 잊은 것처럼 행동해서 문제지."

관조자.

초월의 과정에서 획득한 권능으로 세계의 질서를 관조할 수
있게 되면, 관조자가 될 자격을 얻었다.

그레모리의 눈, 지니실.

바싸고의 권능, 미래 예지.

세계의 질서를 관조하는 권능의 대표적인 예다.

'세계'는 관조의 가능성을 가진 초월자를 배격했다.

세계의 운명을 마음대로 뒤틀 수 있는 존재가 되기 때문이다.

운명을 읽는다는 것은 정해진 운명을 바꾸려 시도할 수 있다는 뜻이다.

그리고 그것은, 아직 젊은 세계를 멸망하게 만들 수 있다는 뜻과 일맥상통했다.

세계는 지성체라고 보기는 어려웠지만, 분명히 하나의 유기체였다.

1초라도 삶을 연장하고, 후손을 만들어 DNA를 전달하고 싶어 하는 유기체.

세계는 스스로를 멸망시킬 가능성을 단 1초라도 품기 싫어했다.

그렇기에 예비 관조자에게는 두 가지 선택지가 있었다.

첫째, 관조자가 되는 것.

세계의 운명에 개입하지 않겠다는 맹세를 하는 거다.

맹세를 어긴 대가는 당연히 죽음이다.

둘째.

본인의 신성과 그에 관련된 기억 일부를 지우고, 권능 없는 초월자가 되는 것.

바싸고와 그레모리는 관조자였다.

기실, '어떤 일'에 개입하지 못한다는 사실만 떼고 보면 초월자와 별로 다를 것은 없다.

그레모리가 시야 너머로 단탈리안을 관찰하며 중얼거렸다.

"그가 관조자를 포기한 이유는 뭘까요."

"보면 알지 않나. 끝없는 향상심이지. 그는 강해지기 위해 뭐라도 해야 했어."

기억을 잃고, 일평생 쌓아 온 전문 분야를 잃어버리는 선택지를 고르는 존재는 거의 없다.

그리고 그런 극히 예외적인 존재가 바로 단탈리안이었다.

단탈리안은 관조자의 직위를 포기하고 초월자가 되었다.

"……그저 욕심이에요. 남을 파괴하고, 그 위에 서서 저열한 쾌락을 얻는 욕심."

"당신에게는 저열한 욕심처럼 비치더라도, 누군가에게는 가슴을 울리는 야망이라는 거지."

그레모리가 가볍게 콧방귀를 끼었다.

욕심이든 야망이든, 방법이 잘못된 이상 그를 이해할 용의는 없었다.

"그나저나 그레모리. 자네는 이미 너무 많이 개입했네. 덕분에 나까지 움직여야 했어."

"고맙다고 하지는 않겠어요. 당신도 결국 어그러질 미래 때문에 움직인 거잖아요?"

"이런. 딱히 그렇지만은 않아. 그레모리, 내가 자네를 어떻게 생각하는지 알지 않나?"

"하. 그렇지 않아도 당신이 차원의 걸개를 닫아서 발락이 간

신권의
원코인
클리어

섭할 여지를 잃었어요. 발락만 있었어도 그림이 이렇게 되지는
않았을 텐데."

"애초에 네가 윤태양에게 눈을 떼어 주지 않았으면 나도 이
렇게 움직일 필요 없었지."

"……."

"이봐, 친구. 관조자는 많지 않아. 난 몇 안 되는 공감대를 이
렇게 잃어버리기 싫네. 솔직히 이번에도 '세계'가 기준을 관대하
게 잡아서 그나마 이 정도로 끝난 거야. 엄격히 잡았으면……."

"알아요."

그레모리가 가볍게 고개를 끄덕였다.

계약 불이행의 대가는 소멸이다.

달그락, 달그락.

바싸고가 제 팔뚝을 리드미컬하게 두드리며 중얼거렸다.

"그깟 동정심이 무어라고."

그에 그레모리가 번쩍 고개를 들었다.

"그깟이 아니에요!"

"이런, 미안하네."

"그때를 생각하면 아직도 아파요. 저들도 마찬가지일 거라
고 생각하면……."

"알았네. 맞아. 내가 보기엔 그깟 동정심이겠지만, 자네에겐
가슴 절절한 상처일 수 있지. 미안하네. 내가 실언을 했어."

바싸고가 가볍게 중절모를 들어 올렸다.

그때.

"으읏!"

그레모리가 눈을 감았다.

바싸고의 귀화가 화려하게 타올랐다.

"오오."

바싸고가 자리에서 일어났다.

"봤나, 그레모리?"

"……."

"드디어, 드디어 왔군. 내가 초월하던 그때 봤던 미지가 바로 지금이었어!"

흥분에 들어찬 바싸고가 빠르게 중얼거렸다.

"그레모리. 이건 하나의 거대한 작품이네. 전 우주적인 작품! 자네가 벌인 일과 내가 한 수습. 단탈리안과 윤태양. 신성과 그 이상."

바싸고가 빠른 템포로 이를 딱딱딱- 다물었다.

귀화가 거세게 타올랐다.

"운명이 변하고 있네."

권능, 진실과 미래 예지는 여전히 기능한다.

하지만 의미가 없다.

바싸고가 흥분에 차 중얼거렸다.

"아름다워."

슈뢰딩거의 고양이와 같다.

신권의
원코인
클리어

관조하는 것만으로 이미 의미가 뒤바뀐다.

또한, 잠시라도 관조하지 않으면 결과는 다시 뒤바뀐다.

모든 미래가 가(可)와 부(不) 베일에 휘감긴다.

'세계'의 흐름이 뒤엉키고 있었다.

＊＊＊

단탈리안이 상대한 적 중 가장 강한 적은 단연 바알이었다.

신성, 권능, 육체와 정신.

바알이라는 이름의 초월자는 모든 부문에서 단탈리안을 압도했다.

단탈리안뿐만 아니다.

바르바토스, 아가레스, 바싸고, 발락.

자신의 차원에서 날고 기는 초월자들 역시 바알 앞에서는 빛을 잃었다.

초신성.

압도적인 빛으로 다른 별의 아름다움을 앗아 가는 대장 별.

바알은 초신성이라 표현하기 걸맞은 존재였다.

"하지만 오만했지."

적이 만든 함정에 제 발로 걸어 들어가는 오만.

지지 않을 거라는 근거 없는 믿음.

힘에 대한 과신.

꼭대기에서 너무 오래 고독을 누려 버린 절대자는 그렇게 허무하게 목숨을 잃었다.

목숨을 끊은 자는, 단탈리안이었다.

시간은 배신하지 않는다.

바알은 아주 오랜 시간을 과신했고, 단탈리안은 그 시간을 들여 온전히 바알을 사냥하는 데 힘썼다.

"내 비록 아직은 그에게 닿지 못했지만."

쿠궁.

공간을 통째로 격한다.

전사는 마치 흥분한 소처럼 격하게 달려든다.

"당신 역시, 저에게 닿기에 이르지 않은가 싶네요."

단탈리안이 웃었다.

윤태양의 성장은 정말로 희귀한 것이었다.

당장 단탈리안 본인도 경의를 느낄 정도로 대단했다.

하지만 단순히 힘이 강한 것으로는 단탈리안을 이기지 못한다.

저 바알도 단탈리안의 집요함에 무릎을 꿇었다.

"닥쳐."

살(殺).

콰르르르릉.

거대한 살의(殺意)에 노출된 대지와 하늘이 울부짖는다.

하지만 단탈리안은 여유롭게 웃었다.

신컨의
원코인
클리어

힘 싸움이 밀린다는 것을 확실하게 인지한 단탈리안은 태양에게 단 한 번도 맞상대를 해 주지 않았다.

쿠웅.

진각과 동시에 정의행의 오의가 단탈리안의 영혼을 붙잡는다. 빠져나갈 수 없게 법칙을 개변한다.

하지만 단탈리안의 재기는 실시간으로 뒤바뀌는 법칙을 읽어 내고, 심지어 파훼한다.

뻐엉—.

태양의 주먹이 다시금 허공을 격한다.

발락은 여전히 코빼기도 비치지 않는다.

일만의 반푼이 단탈리안은 실시간으로 차원 쉼터를 뒤진다.

태양의 턱 끝, 아슬아슬하게 맺힌 땀방울이 지상으로 자유 낙하를 시작한다.

'하.'

바싸고가 문제였을까.

아니면, 발락을 믿은 게 문제였나.

태양의 멍청한 뇌는 정답을 끄집어내지 못한다.

모든 것이 안개에 낀 것처럼 뿌옇다.

명확한 사실은 단 한 가지.

별림은 곧 단탈리안에게 잡힌다.

"싫어."

태양은 단탈리안을 잡지 못한다.

발락은 오지 않는다.

별림은 단탈리안의 분신에 대항할 힘이 없다.

결과는 자명하다.

"싫어."

쿠웅.

다시금 기척을 좇아 움직인다.

신룡화.

무쌍.

살.

가공할 에너지가 다시 한번 허무하게 스러진다.

원래 그렇게 정해져 있던 것처럼.

"싫어."

쿠웅.

진인사대천명(盡人事待天命)이라 했다.

인간을 할 수 있는 일을 하면, 나머지는 하늘이 정한다고 했다.

"인정 못 해."

단탈리안에게 패배하는 게 운명이라면.

간발의 차로 별림의 신병을 빼앗기는 것이 운명이라면.

"X 까."

그의 삶은 화마를 헤쳐 나가던 순간부터 도전의 연속이었다.

가족을 잃은 태양은 보육원에 처지에 놓였다.

신컨의
원코인
클리어

그것이 싫었다.

어린 태양은 기어코 불에 탄 아버지의 휴대폰을 찾아내어 데이터를 롤백했다.

전화번호부에 적힌 모든 전화번호에 전화를 걸었고, 현혜의 아버지를 만났다.

학교, 일, 게임에 이르기까지.

거저 얻은 결과는 없었다.

또한, 태양은 패배한 적도 없었다.

태양의 삶은 언제나 승리의 점철이었다.

태양이 단탈리안을 직시했다.

"이번이라고 다를 것 같아?"

까드득.

태양의 의식 너머에서, 신성이 두 번째 발아(發芽)를 시작했다.

이 전장은 태양의 목숨뿐 아니라 별림의 목숨까지 담보로 걸린 투기장이었다.

태양이 살아온 세월 중 판돈이 가장 큰 싸움판.

평정을 유지하는 게 쉬울 리가 없다.

태양이 눈을 감았다.

만전을 기해도 승리를 장담할 수 없는 적이다.

상념에 신경을 낭비하며 이길 수 있을 리가 없다.

쿠웅.

다시 한번 진각을 내리찍는다.

단탈리안은 여지까지와 같다.

그는 태양의 조급함을 교묘히 자극하며, 다시 한번 아슬아슬하게 빠져나갔다.

'해결해야 해.'

심정을 짓누르는 중압감.

뇌리에 휘도는 상념.

가슴 한구석에서 자꾸만 차오르는 분노.

발락이 왜 나타나지 않는지.

발락이 오지 않는다면, 하다못해 동료들은 어디에 갔는지.

별림이 단탈리안에게 잡히면 어떻게 되는 건지.

두근, 두근.

발락의 심장이 마나를 미친 듯이 퍼 올렸다.

막대한 마나의 밀집이 공간을 일그러뜨리는 수준을 넘어, 통째로 달구기 시작했다.

명백한 낭비.

단탈리안이 냉철한 시선으로 태양을 관찰했다.

겉으로 드러나는 윤태양의 반응은 이성적인 사고가 마비된 것 같은 모양새였다.

하지만.

'아니야.'

단탈리안의 등줄기가 식은땀으로 젖었다.

눈이 이제까지와 달랐다.

북부의 한설과 같이 차갑다.

냉철하다.

그리고 결정적으로.

빠지직, 빠직.

태양의 신성이 심상치 않다.

'권능 개화?'

태양이 차분한 눈으로 단탈리안을 바라봤다.

'지운다.'

빨리 결판을 봐야 한다는 조급함을 지운다.

발락과 동료들이 도와주러 올 거라는 낙관을 지운다.

일이 잘못되었을 때의 불안함을 지운다.

이길 수 있다는 자신과 책임감을 지운다.

별림과 함께 지구로 돌아갈 수 있다는 희망을 지운다.

앞으로 일어날 일은 단탈리안과의 전투에 아무런 영향을 끼치지 않는다.

미래를 지운다.

이제까지 해 온 일 역시, 단탈리안을 이기지 못하면 의미가 없다.

과거를 지운다.

통합 쉼터 어딘가에서 벌벌 떨고 있을 플레이어들.

그들의 가족.

시청자.

현혜.

란과 동료들.

그리고 별림이마저도 지운다.

빠지직.

신성에서 이제껏 들은 적 없는 소리가 흘러나온다.

하지만 그에 집중할 신경은 없다.

태양의 의식은 온전히 현재에 집중했다.

지구.

차원 미궁의 나머지 층들.

게이트 너머.

차원 중앙에 지어진 플레이어들의 도시.

덜고, 덜고, 덜어낸다.

작금의 싸움과 상관없는 모든 것을 덜어낸다.

온전히 눈앞에 집중한다.

그렇게 지우고 덜어내니, 남는 것은 몇 개 없었다.

태양과 단탈리안.

무공.

싸움.

승리.

태양의 현재를 관통하는 다섯 단어.

'아니야.'

태양이 고개를 저었다.

무공이라는 틀은 오히려 동작을 억압할 가능성이 있다.

무공을 지운다.

싸움은 집중하지 않아도 현상으로 일어나는 일이다.

역시 지운다.

단탈리안.

상대방이 누구인지는 상관없다.

어차피 태양은 이겨야 한다.

단탈리안 역시, 의식에서 지운다.

이로써 태양의 세계에 단 두 가지 단어만이 남는다.

태양.

그리고 승리.

빠지지직―.

태양의 몸이 쏘아져 나간다.

이제껏 그래 왔듯, 단탈리안이 회피 태세를 취한다.

공격의 의지가 결여된 움직임.

애당초 태양과 싸울 의지가 없다.

그런 이에게 싸움을 걸었으니, 결판이 나지 않는 것은 어찌 보면 당연한 일이다.

꾸욱―.

태양의 오른팔 근육이 수축과 이완을 반복한다.

그에 호응한 마나가 역동적으로 움직임을 뒷받침한다.

정의행(正義行) 1식 ― 통천(通天): 윤태양식(式) 어레인지.

의식하지 않아도 몸에 베인 동작이 스킬화를 이룬다.

삐엉—

공간이 통째로 밀려 나가고, 단탈리안의 신형이 그에 섞여 나뭇잎처럼 멀어진다.

후웅.

정의행(正義行) 오의(奧義) – 운명(運命).

멀어지던 단탈리안의 신형이 개구리처럼 뒤집혔다.

태양과의 거리가 급속도로 가까워진다.

찰나에 태양의 의도를 확인한 단탈리안이 개변된 법칙 읽어 낸다.

유리 가면.

쨍그랑.

콰아앙!

유리 알갱이로 화한 단탈리안의 잔상 위로 태양의 주먹이 뒤늦게 틀어박혔다.

다시 한번, 단탈리안이 작은 승리를 챙겨 간다.

태양이 눈을 감았다.

'아직도 부족해.'

태양.

그리고 승리.

승리에 대한 집착이 마음 한구석에서 느껴졌다.

그리하여 태양은, 승리마저 지웠다.

빠지직, 빠직.

태양의 거대한 의식에 기어코 한 단어만이 남는다.

태양.

그 순간, 권능이 발아했다.

유아독존(唯我獨尊).

⁂

쿠웅.

윤태양이 치고 들어온다.

콰지지직-.

의념만으로 공간이 깨져 나간다.

뒤틀린 세계의 법칙을 읽어 내려니 뇌가 녹아내리는 것 같다.

'하지만, 이번에도.'

성공했다.

유리 가면.

단탈리안이 이마로 손을 가져가는 순간.

뻐어억.

윤태양의 주먹이 단탈리안의 가슴을 관통했다.

쿨럭.

단탈리안이 피를 뱉어 대며 의문을 품었다.

'어떻게?'

쿠웅.

발자국 소리가 마치 천둥처럼 단탈리안의 뇌리를 울렸다.

쨍그랑.

찰나의 상념에서 벗어난 단탈리안이 뒤늦게 자리를 빠져나
갔다.

부상.

직전의 일격으로 폐 일부와 심장 전반이 손상되었다.

상관없다.

'시간은 내 편이야. 버티기만 하면……'

쿠웅.

다시금.

단탈리안이 벌떡 고개를 들었다.

윤태양이 어느새 다가오고 있었다.

꿀꺽.

목울대로 침이 넘어간다.

'달라졌어. 그 짧은 사이에.'

단탈리안의 오른손이 마법진을 그리고, 동시에 태양이 발을
뻗었다.

마치 단탈리안의 머리 꼭대기에 있기라도 한 듯.

발현과 동시에 이루어진 견제였다.

콰아앙–.

마법이 부서진다.

명백히 빈틈이 드러났다.

하지만, 태양은 달려들지 않았다.

천천히.

모든 변수를 하나하나 제거하며 단탈리안을 향해 다가왔다.

단탈리안이 무의식적으로 양팔을 들어 십자로 교차했다.

태양의 그 어떤 동작도 확인하지 못한 채, 오로지 본능에 의거한 행동이었다.

청자 모래 일족 비기: 고탄력 로봇 프레임.

콰드득.

권능까지 사용하며 충격에 대비하였으나, 부질없었다.

오랜 시간 단련해 온 초월자의 신체가 나뭇가지처럼 아작 난다.

바람 앞의 촛불.

단탈리안은 본인의 처지가 그와 다르지 않다는 사실을 깨달았다.

그에 판단과 동시에 행동했다.

미드나잇…….

콰앙!

피워올린 마법진에 불이 채 들어오기도 전에 박살 난다.

차원 간 이…….

콰드드득!

권능의 발현이 이루어지기 직전, 태양의 주먹이 단탈리안의 신성을 타격한다.

"커헉."

마나로 대체한 심장이 형태를 잃고 스러진다.

단탈리안이 창백해진 얼굴로 가슴을 붙잡았다.

기이잉-.

단탈리안의 신성이 급격하게 가동한다.

태양이 중얼거렸다.

"도주."

정의행(正義行) 1식 - 통천(通天): 윤태양식(式) 어레인지.

태양이 허공에 주먹을 내뻗는 것과 단탈리안의 신형이 사라진 것은 동시였다.

뻐엉-.

통천이 공간을 통째로 짓이기고, 공간을 뛰어넘던 단탈리안의 신형이 요격당해 바닥으로 내리꽂혔다.

"커헉."

단탈리안의 신형이 트럭에 치인 듯 한참이나 멀리 튕겨 나갔다.

태양이 무심한 걸음으로 단탈리안을 뒤쫓았다.

파라라라락.

주인의 죽음을 예지한 단탈리안의 마법책이 스스로 마법을 쏘아 냈다.

태양이 마주 주먹을 휘둘렀다.

신컨의
원코인
클리어

정의행(正義行) 1식 - 통천(通天): 윤태양식(式) 어레인지.

얼음 화살이 가루가 되어 흩어진다.

정의행(正義行) 2식 - 관심(貫心): 윤태양식(式) 어레인지.

얼음 가루를 노리고 쏘아진 번개는 형태를 채 이루지 못하고 소멸한다.

정의행(正義行) 3식 - 지폭(地爆): 윤태양식(式) 어레인지.

정의행(正義行) 4식 - 천굉(天轟): 윤태양식(式) 어레인지.

역천지공(逆天之工) - 파천(破天).

하이퍼 드래곤 블로(Hyper Dragon Blow).

초월 진각 - 승룡권(乘龍拳).

형형색색의 마법이 윤태양의 살갗에 채 닿지 못하고 스러져 나간다.

털썩.

마력을 모두 소비한 마법 책이 바닥으로 떨어졌다.

"커헉."

단탈리안이 자리에서 일어났다.

태양이 단탈리안을 향해 걸어갔다.

쿠웅.

당당하고, 느긋한 걸음.

태양을 바라본 단탈리안의 동공이 크게 확장되었다.

"……단순한 권능이 아니었어."

"끝을 내자. 단탈리안."

태양의 신성에서 또 다른 진화가 움튼다.

이미 탈피한 바알의 신성과 별개로, 윤태양의 신성이 또 다른 탈피를 일궈 내고 있었다.

쿠웅.

초신성의 기세가 사위를 짓눌렀다.

단탈리안이 윤태양을 바라보며 헛웃음을 쳤다.

"바알은 여기까지 보았군요. 그 짧은 순간에."

바알은 죽기 전, 태양을 보고 본인을 닮았다 일렀다.

단순히 무투를 기반으로 한 전투 스타일을 보고 한 말이 아니었다.

바알은 본질을 꿰뚫어 보았다.

유아독존(唯我獨尊).

단탈리안이 저도 모르게 뒷걸음질 쳤다.

하나, 단탈리안과 태양의 거리는 오히려 가까워졌다.

단탈리안이 턱을 떨었다.

콰지직, 콰지직.

발아를 마친 두 신성이 비로소 융화한다.

아니, 태양의 신성이 바알의 신성을 잡아먹는다.

콰직.

무쌍과 유아독존.

한없이 닮은 두 권능.

하늘 아래 두 태양은 존재할 수 없다는 듯, 유아독존의 포악

한 이빨이 무쌍의 속살을 베어 문다.

콰지직.

태양의 신성이 몸집을 키운다.

빛을 발한다.

단탈리안은 비로소 깨달았다.

그가 초월자가 되고 나서 끊임없이 찾아 헤맸던 경지가 지금
그의 눈앞에 있었다.

'저것이…… 완성……!'

태양의 주먹이 가까워진다.

단탈리안은 감히 피할 생각조차 하지 못했다.

무쌍마저 발바닥 밑에 깐 채 오롯이 선 유아독존.

세계마저도 윤태양의 승리를 상수로 여긴다.

퍼억.

태양의 주먹이 마나로 조잡하게 이어붙인 단탈리안의 심장
을 다시 한번 꿰뚫었다.

털썩.

무릎 꿇은 단탈리안이 물었다.

"죽기 전에 한 가지 궁금한 게 있습니다."

"……."

"초월의 다음은, 어떻습니까?"

단탈리안의 동공에 열망이 가득 찼다.

완성의 경지.

어떤 감각인가.

'다음' 경지의 체험은 과연 어떤 황홀함인가.

윤태양이 건조하게 웃었다.

"그러게. 궁금하면 직접 해보지 그랬어."

태양이 손을 뻗었다.

유리 막시모프의 손아귀에 잡혀 있었을 성검이 스스로 날아와 태양의 손아귀에 잡혔다.

샛별.

살(殺).

초월자의 존재를 부정하는 두 가지 권능이 동시에 칼날을 타고 흘러내렸다.

퍼억.

단탈리안의 목이 바닥에 굴러떨어졌다.

태양은 다시 검을 들고, 내리쳤다.

신성을 향해서.

파칭.

수천 개의 권능을 머금은 단탈리안의 신성이 깨져 나갔다.

귀환

유리 막시모프가 거칠게 숨을 내뱉었다.

"하아."

팔과 다리가 제멋대로 떨렸다.

그녀가 필사적으로 눈을 부릅떴다.

시야가 흐려진 탓이다.

잠시 고개를 흔든 그녀가 다시 눈을 떴다.

"아."

뿌옇게 흔들리는 유리 막시모프의 시야가 형형색색의 아름다운 빛으로 물들어 있었다.

"이건……."

어릴 적 부모님과 같던 놀이공원.

손님 하나 없이 한산했던 놀이공원에서의 피날레는 언제나 불꽃놀이였다. 오색찬란한 빛이 사방에 터져 나가는 불꽃은 그녀의 추억을 동화의 한 장면으로 남겨 줬다.

　　유년 시절 이후로는 아주 가끔, 꿈에서만 볼 수 있었던 그런 장면.

　　한계에 달한 유리 막시모프의 신체가 잠들어 버린 걸까.

　　그래서 꿈을 꾸고 있는 걸까.

　　손아귀에 힘이 풀렸다. 살기 위해 단단히 쥐고 있던 성검이 허무하게 그녀의 손을 빠져나갔다.

　　"유리이-."

　　어느 여성의 목소리가 길게 늘어졌다.

　　어릴 적 읽은 동화와 닮은 추억이 그녀에게 다가왔다.

　　냉기와 열기, 파지직 하는 정전기.

　　그녀의 추억 속에 남아 있는 환상은 이렇게 뜨겁고, 차갑고, 따가운 것이었던가.

　　유리 막시모프가 웃었다.

　　후회는 없었다. 그녀는 최선을 다했다.

　　삶의 종막을 이런 식으로 장식할 수 있다면, 그건 그거대로 나쁘지 않을 것 같다고 생각했다.

　　'엄마, 미안해.'

　　혼자 한 약속이지만, 못 지켜 버렸네.

　　쨍그랑.

유리잔 깨지는 소리와 함께, 마법이 산산조각 났다.

형형색색의 파편이 깨진 유리처럼 그녀의 몸에 박혔다.

"어?"

유리 막시모프가 저도 모르게 몸을 바라봤다.

마법에 직격당했건만, 일말의 고통도 없다.

"무슨······?"

그녀가 고개를 벌떡 들었다.

아무것도 없었다.

그녀를 향해 짓쳐 들던 수백 개의 마법도.

그리고 거리를 매운 단탈리안의 분신들도.

❦

단탈리안을 죽이고 난 후, 태양은 별림을 만났다.

포옹이라든가, 그런 건 없었다.

"살아 있냐?"

"······응."

"다행이네."

얼굴을 확인하고, 팔다리가 잘 붙어 있는지 확인하고, 그걸로 끝.

원래 그런 사이였다.

앞으로도 그럴 거고.

고향으로 돌아가기 위한 마지막 걸림돌을 처리했지만, 통합 쉼터는 장례식장 분위기였다. 다만 분위기를 신경 쓰거나, 피해자를 위로해 줄 여유는 없었다.

태양은 운 좋게도 온전하게 남아 있는 통합 쉼터 여관 저층을 대여한 후, 깊은 잠에 빠져들었다.

-일주일 동안 자서 우린 네가 뭔가 잘못된 줄 알았잖아.

"그렇게 많이 잤어?"

-아, 진짜로.

발락과 나머지 일행은 태양이 깨어나고도 2주일이 지나서야 통합 쉼터로 돌아왔다.

태양이 들어간 후 게이트가 완전히 닫혔는데, 단탈리안이 통합 쉼터로 진입하는 모든 수단을 막아 놓아서 시간을 들이는 것 외엔 다른 도리가 없었다는 모양이었다.

약속보다 한참은 늦은 귀환이었지만, 태양은 불평 한마디 없이 그들을 반겼다.

그레모리는 어디로 갔는지 보이지 않았고, 태양에게도 공간 관련 권능이 없어서 방 안에 갇힌 꼴이었기 때문이다. 솔직히 낙동강 오리알 신세가 된 줄 알고 걱정이 이만저만이 아니었다.

단탈리안 사망 이후, 발락과 용 군단은 차원 미궁을 완벽하게 점령했다.

대부분 마왕이 차원 미궁을 떴다.

거기에 더해 바르바토스도 없고, 단탈리안도 없다.

차원 미궁에는 발락과 용 군단에 대적할 인재가 없었다.

엘프와 오크 진영 플레이어들은 모두 죽거나 용 군단에 복속되었다는 모양이었다.

태양이 발락과 거래하지 않았다면 인간 진영 플레이어들 역시 같은 운명이었으리라.

또한 발락은 산산이 조각나려는 차원 미궁을 재정비하는 과정에서 12층, Endless Express 스테이지를 71층으로 옮겼다.

붙어 있어야 관리가 쉽다는 명목의 무뚝뚝한 배려였다.

기실, 태양에게 단탈리안을 독박 씌운 꼴이 되어 버려서 심리적인 빚이 조금 있는 듯했다. 물론 태양 역시 약속을 지켜 권능 신룡화를 다시 발락에게 이양했다.

태양이 여관 바깥으로 걸어 나오며 기지개를 켰다.

"읏차차."

우드득.

기지개와 함께 시원한 뼈 소리가 귓가를 울렸다.

태양의 복장은 청바지와 검은색 가죽 재킷이었다.

차원 미궁의 플레이어라기보다는 평범한 한국 청년이 입을 법한 옷.

"뭐, 평소에 싸울 때도 비슷한 옷이긴 했는데."

-네가 그렇지 뭐.

"뭐가 그런데?"

-별생각 없이 입고 다니는 거.

"생각이 없다니. 저도 나름대로 철학이 있거든요?"

태양이 미간을 찌푸리며 허공을 올려다보자 별림이 물었다.

역시 평소 입고 다니던 풀 플레이트 메일이 아닌 평범한 바지와 셔츠.

지구에서 입는 일상복에 가까운 복장이었다.

"현혜 언니야?"

"엉."

"히. 언니도 얼른 보고 싶다."

-나도 별림이 보고 싶어.

태양이 여관 바깥으로 나서자 사람들이 모여들었다.

란과 살로몬, 유리 막시모프.

카인과 라빈.

엄윤택과 클랜 불꽃의 플레이어들.

태양과 안면이 있는 플레이어도, 없는 플레이어도 죄다 모여서 태양을 기다리고 있었다.

오늘이 바로 차원 미궁의 꼭대기, 72층을 오르는 날이었기 때문이다.

통합 쉼터 게이트 앞에서 플레이어들이 웅성거렸다.

"드디어⋯⋯."

"이 빌어먹을 차원 미궁을 탈출할 수 있는 건가."

"젠장. 지겹다 지겨워."

"난 여기서 살아도 나쁘지 않을 것 같은데."

신전의
원코인
클리어

"그러게. 지겹다, 지겹다 하지만, 난 에덴에서 통합 쉼터보다 잘 마련되어 있는 도시 못 봤어."

"난 못가. 이미 살림 전부가 여기에 있어. 가족도 만들었고."

"그래도 어떻게. 이젠 통합 쉼터도 용인들의 영토라는데. 돌아가야지."

"황도 출신 녀석도 여기가 황도보다 낫다더라고."

"크. 아쉽다."

플레이어들의 반응은 어쩌면 당연한 것이었다.

그도 그럴 것이, 통합 쉼터는 억 단위 인구를 수용할 수 있는 초거대도시다. 거기에 더해 에덴, 창천, 지구의 수십 가지 문화가 어우러져 있고, 마법과 과학의 결합으로 기반 시설 역시 잘 제반되어 있다.

심지어 필멸자들은 '상호 파괴 불가' 규칙에 영향을 받았다.

범죄 절대 청정지역이 되어 버린 것이다.

스테이지 대기 공간이라는 명찰을 떼어 놓고 보면 통합 쉼터는 의외로, 아니 대놓고 살기 좋은 곳이었다.

"정작 나는 미궁을 오르느라 여관이랑 공방만 오간 것 같은데 말이지."

"우리 집에도 왔잖아."

유리 막시모프의 말에 태양이 고개를 끄덕였다.

"아, 그것도 그러네요. 그러네요. 클랜하우스랑…… 투기장도 갔었지. 킁. 그래도 역시 아쉬운데. 조금 더 있다 갈까?"

태양의 혼잣말에 주변에서 귀를 쫑긋거리던 플레이어 몇몇
이 사색이 되어 그를 바라봤다.

"아. 농담, 농담."

태양이 웃으며 손을 휘저었다.

사실 더 있다 가고 싶어도 그럴 수 없었다. 발락은 이미 통합
쉼터에 입주키로 한 용인들이 한둘이 아니라고 했다.

플레이어들을 바라보던 태양의 표정이 문득 어두워졌다.

후욱ㅡ.

여느 때와 같이 시가를 문 살로몬이 중얼거렸다.

"녀석이 어떤 표정을 지었을지, 상상이 되질 않아."

"……."

"기분 좋게 웃는 모습을 본 적이 없는 것 같아. 안 그래?"

기분 좋게 웃는 모습.

그 말에 태양이 고개를 끄덕였다.

"그러게."

메시아는 잘 웃지 않았다.

그리고 가끔 본 웃음은 항상 어딘가 비틀려 있었다.

그 웃음의 기저엔 태양과 일행이 이해하지 못한 무언가가 깔
려 있었으리라. 그리고, 그 무언가는 이제 영원히 확인할 수 없
게 되어 버렸다.

잠깐의 침묵.

쓰읍ㅡ.

크게 시가를 빤 살로몬이 중얼거렸다.

"고맙다, 태양. 네가 아니었으면 우리 차원의 독립은 어렵게 풀어야 할 일이었을 텐데."

"네가 해 준 게 있는데. 당연히 도와줘야지."

란이 물었다.

"올라가지 않으려고?"

"그래. 고향으로 돌아가야지."

살로몬의 목표는 꼭대기에 올라가 Endless Express 스테이지를 차원 미궁에서 독립시키는 것이었다.

결과적으로 독립을 이루어 내었으니, 바깥을 나돌 이유가 없었다.

"돌아가서 겨울을 끝낼 방법을 연구할 생각이다. 초월자들을 상대하면서 몇 가지 발상이 떠올랐거든."

"그건 다행이네. 고생했다, 살로몬."

"너도."

태양이 살로몬과 악수했다.

"⋯⋯그동안 고생했어, 살로몬."

"잘 가."

란과 유리 막시모프가 인사를 건네고, 라빈과 카인, 악도군 역시 다가와서 작별을 고했다.

오랜 시간이 걸리지는 않았다.

연을 맺은 플레이어들이 많지 않았기 때문이다.

사실 태양 일행이라면 누구라도 그랬다.

배웅하는 태양 일행을 보며 살로몬이 씨익 웃었다.

"뭘 그렇게 보나. 다시는 못 볼 것처럼."

"진짜 다시는 못 볼 수도 있으니까."

"의외로 금방 다시 볼 수도 있을 거다."

살로몬은 가볍게 손을 털고 게이트 안으로 사라졌다.

후웅.

공간을 넘어가며 나는 특유의 진동이 플레이어들의 피부를 적셨다.

태양이 중얼거렸다.

"란, 카인."

"응. 난 준비됐어."

"저도 준비됐습니다."

바알이 72층에 설치한 차원 사출 장치 : 알파는 신성 하나를 소모하여 한 영혼을 고향 차원으로 귀환시키는 마법진이다.

위치 좌표도 필요 없고, 시전자의 마나가 아니라 차원에 잠재된 마나를 소비하여 발동하는 공간 마법. 심지어 횟수 제한이 있음에도 불구하고 권능의 위에 오를 만한 기술.

태양과 란, 카인은 각 차원을 대표해 차원 사출 장치의 대상이 될 예정이었다.

문득 카인이 태양에게 고개를 숙였다.

"태양. 다시 한번 감사합니다."

"아아, 뭘 또."

72층의 차원 사출 장치를 가동하기 위해선 동력으로 신성이 필요했다. 기존에 장전되어 있는 루시퍼의 신성을 제하고도, 세 차원이 귀환하기 위해선 2개의 신성이 더 필요했다는 뜻이다.

태양은 바르바토스의 신성과 단탈리안의 신성을 선뜻 내줬다.

"나한테는 의미 없어서 주는 거야. 부담 갖지 마."

신성.

간단하게 표현하면 마나와 권능의 응집이고, 철학적으로 표현하면 한 존재의 증명이다.

초월자들은 다른 초월자의 신성에 응집된 권능을 융화함으로써 더 강해질 수 있었다.

하지만, 정말로 태양에겐 신성이 필요하지 않았다.

'난 올라와 버렸으니까.'

아는 만큼 보인다고 했던가.

문턱이나마 다음 경지를 밟아 보니, 무턱대고 권능을 모으는 게 딱히 효율 좋은 짓이 아니라는 사실을 깨달았다.

권능의 가짓수와 경지는 비례하지 않는다.

당장 태양만 봐도 그랬다.

수백, 수천 가지의 권능을 모은 단탈리안이 초월의 다음 경지를 밟지 못했는데, 고작 10개 안팎의 권능을 모은 태양은 다음 경지를 밟지 않았던가.

'물론 밟은 건 고작 다음 경지의 문턱 정도지만.'

단탈리안은 태양의 경지를 보고 '완성'이라고 표현했지만, 태양은 알았다.

완성이라고 표현하기에는 터무니없이 부족했다.

태양이 올라갈 길은 아직 한참이나 더 남았다. 그리고 그 길을 오르는 데 필요한 건 더 많은 권능이 아니었다.

초행길인 만큼 태양 역시 어떤 길이 옳은 길인지 구분하긴 어려웠지만, 어떤 길이 틀린 길인지 정도는 구분할 수 있었다.

"당신에게 필요 없는 것이라도, 저에겐 간절한 물건입니다. 사정이 맞아떨어져 양보해 주시니 오히려 더 감사하게 생각하겠습니다."

"에헤이."

카인의 깍듯한 감사에 태양이 격하게 팔을 휘저었다.

태양은 오히려 카인을 걱정했다.

"그쪽은 괜찮겠어요?"

마법진이 작동하는 과정에서 일어나는 압박은 일반적인 영혼이 견디지 못한다.

애초에 그래서 마왕들이 초월자를 필요로 했던 거다.

하지만 카인은 초월하지 못했다. 언저리에 닿아 있기는 하지만, 초월했다고 말하기엔 턱없이 부족했다.

그 사실을 알면서도, 카인은 고개를 끄덕였다.

"이미 결정했습니다."

신킨의
원코인
클리어

사실 에덴 출신의 플레이어들은 이래저래 난감한 상황에 놓여 있었다.

이제 차원 미궁은 발락의 영토다.

통합 쉼터도 용인들을 위해 비워 줘야 하는 마당에 다른 지역이라고 다를 것은 없었다.

이제 71층이 되어 버린 살로몬의 Endless Express 스테이지 역시 에덴 출신 플레이어들을 모두 수용하기에는 무리가 있었다.

72층은 생활하면 마법진이 훼손될 가능성이 있으니 그것도 안 된다. 몇 명도 아니고, 무려 억 단위의 난민이 갈 곳을 잃고 허우적거리게 될 상황에 봉착한 것이다.

카인이 희생하지 않으면 에덴 출신의 플레이어들은 갈 곳이 없어졌다.

"누군가는 해야 할 일입니다. 설령 실패한다고 하더라도 말입니다. 누군가 해야 한다면 가장 적합한 제가 하는 게 맞지 않겠습니까."

태양이 어깨를 으쓱였다.

상황을 모르는 것도 아니기에, 해 줄 말이 없었다.

후웅.

게이트가 진동하기 시작했다.

태양과 란, 카인이 게이트 앞에 섰다.

"그럼, 가자."

바르바토스를 사냥하러 가기 전, 그레모리는 태양에게 귀환 이후의 일에 대해 일렀다.

"플레이어들이 지구에 귀환하는 것만으로 지구는 큰 변화를 맞이할 거예요."

"⋯⋯."

"마왕들이 차원 사출 장치를 어떻게 사용하려고 했는지는 아시죠?"

태양이 고개를 끄덕였다.

바알이 설치한 마법진, 차원 사출 장치 : 알파의 주목적은 고향 차원으로의 이동이다.

하지만 마왕들은 주목적에 관심이 없었다.

이동 과정에서 일어나는 부수 현상. 즉, 거대 차원의 강력한 저항 장벽을 뚫는 것에만 관심이 있었을 뿐이다.

"한번 뚫린 저항 장벽의 틈은 메워지지 않을 거예요."

"⋯⋯문제가 많이 일어날까?"

"지구인들이 겪어 보지 못한 일들이 일어날 거예요. 벌어진 틈으로 외부 차원의 온갖 것들이 흘러 들어갈 테니까요."

"온갖 것들?"

"가장 대표적인 게 마나죠. 지구는 마나가 굉장히 희박한 차원이잖아요? 마나는 공기와 비슷한 성질을 가지고 있으니, 빈

신권의
원코인
클리어

곳이 있으면 그곳으로 움직이려고 할 거예요. 그리고 그 과정에
서 우주에 널브러진 각종 부스러기 차원들이 지구로 유입될 거
고요."

−부스러기 차원이 뭐임?
−대충 차원 파편 같은 거 아닐까. 괴수라거나... 마법적인
현상이라거나...
−땅덩어리 말하는 거 아님?
−아무튼 윤태양이 귀환하면 별 X랄이 다 난다는 거네.
−오늘부터 문명 게임 지구 업데이트 시작 ㄷㄷ.
−2.0으로 돌아옵니다. ㄷㄷㄷ.
−태양아, 제발 오지 말아라... 지금도 먹고 살기 바쁘다.
−정리. 지금부터 지구 장르는 판타지로 바뀜.
−이러면 무슨 주식 사야 되냐?
−ㄹㅇㅋㅋ 감도 안 잡히네.
−해양주?
−해양주가 뭔데?
−ㅅㅂ... 이래서 멍청하면 돈을 못 버는구나.
−식품주나 사 놓으셈. 라면 ㅈㄴ 팔릴 테니까. ㅋㅋ.
−오, ㅋㅋ ㄱㅅ.

그레모리는 조곤조곤하게 태양에게 경고했었다.

"잘 생각해 보세요. 저는 물론 당신의 귀환을 지지하는 입장이에요. 3억의 인류를 살리는 일이니까요. 하지만 나머지 70억의 불행을 초래할 수도 있는 일인 것도 부정할 수 없어요."

그레모리의 말에 틀린 곳은 없었다.

태양은 이 문제에 관해 깊이 생각할 의무가 있었다.

그래서 태양은 생각하고, 나름대로 결론을 내렸다.

게이트 앞에 선 태양이 채팅 창을 열었다.

－오지 말라고. 오지 말라고. 오지 말라고. 오지 말라고.

－네가 죽이는 거야. 네가 죽이는 거야. 네가 죽이는 거야. 네가 죽이는 거야. 네가 죽이는 거야.

－미국이 법 제정했음. 지구 안보법. 너희 들어오면 다 범법자임.

－팩트. 아직 입법은 안 됨.

－한국도 제정할 듯.

－근데 윤태양이 들어오는 거 막을 사람은 있냐.

－아니, 괴물이 나온다잖아…

－ㅅㅂ 나는 5층도 못 깨 봤다고… 단탈리안이 현실이 되는 세상이 오면 죽는다고…

－제발 오지 말아 주세요…

－사이코패스 새끼. 지 살자고 3억 명을 죽이네.

너무 난장판이 되어서, 보고 있기 부담스러운 수준의 문자 나열들.

태양이 그것들을 보며 담담히 중얼거렸다.

"너희들에게 묻고 싶은 게 있어."

크흠.

가볍게 목을 고른 태양이 말을 이었다.

"그 유명한 질문 있잖아. 시속 100km로 달리는 기차의 브레이크가 고장이 난 거야. 그리고 2개의 철로가 있어. 한 철로에는 사람 다섯이 누워 있고, 다른 철로에는 사람 한 명이 누워 있고."

−?

−?

−아, 이거 뭐였지?

−정X란 무엇인가 아님?

태양이 피식 웃었다.

"아는 사람도 있네. 그래. 본인이 전차 기관사라고 가정해보자고. 사람 다섯 명이 누워 있는 철로와 사람 한 명이 누워 있는 비상 철로. 당신은 어느 철로를 선택하겠냐는 거지."

−당연히 다섯 명이지.

-다섯 명 아님?
-아니 그럼 한 명은 뒈져도 됨?
-근데 다섯 명이 뒈지는 것 보다는 낫잖음.
-ㅇㅇ 그러니까 너도 지구 오지 마셈.
-ㅇㅈ.
-ㅋㅋㅋ 윤태양 개 멍청하네.
-감성팔이 안 받습니다~.

예상한 반응.
태양이 어깨를 으쓱였다.
"조건을 더해 볼까? 자, 첫 번째 철로에 누워 있는 다섯 명은 모르는 사람들이고, 두 번째 철로에 누워 있는 한 명은 너희들 가족인 거야. 어때?"

-그래도 똑같지.
-엄마 버림? 사이코패스네.
-눈치 없냐?
-ㄹㅇ. 그래도 다섯 명 살려야지.
-미안. 난 나 살자고 엄마 못 버리겠다. 태양이 맞다.
-지금 윤태양이 맞다고 하는 애들은 다 자기 엄마 죽인 거임.
-X친놈들인가;;

-시국이 시국이라지만 그래도 패드립은 자제하자.

태양이 웃었다.

뭐, 애초에 상식적인 대답은 기대하지 않았다.

"그냥, 내 상황이 이렇다고."

가치는 가변적이다.

천만의 금도 결국 본인의 목숨이 보장되지 않는다면 화려한 돌멩이일 뿐이다.

70억 인구의 목숨 역시 저울의 반대쪽에 본인과 가족의 목숨이 저울추가 되어 걸린다면 상대적으로 가벼워지고 마는 것이다.

태양은 다수의 행복보다 본인의 행복을 선택했다.

그뿐이었다.

"그리고 말이야. 너희는 나한테 고마워해야 돼. 너희 때문에 방송 켜고 있었던 것도 있어."

태양이 덧붙인 말에 채팅 창이 다시 한번 좌르륵 내려갔다.

-?

-??

-?

-뭐라는 거야, 위선자 새끼가.

-이건 국가도 아니고, 행성 단위의 일이야. 네 선택 하나가

행성의 모든 생명체를 불행에 빠뜨리는 거라고.

　-너 때문에 우리 가족 죽으면 네가 책임 지냐?

　-이기적인 자식.

　-난 이해는 돼.

　-개소리하지 말고 얼른 돌아와. 동생 시체 된 지 벌써 몇 달째야...

　-우리 누나 눈 뜨고 움직이는 모습을 얼른 보고 싶어...

　태양이 웃었다.

"생각을 해 보라고. 난 솔직히 방송 끄고 쏙 들어가는 게 편하지. 너희가 욕하는 거 보고 스트레스 안 받아도 되니까. 근데 봐 봐. 그러고 나서 내가 그렇게 지구로 돌아가서 이제부터 차원의 틈에 구멍이 생길 테니까 대비를 해야 된다고 외치면, 너희 믿겠냐?"

　당연히 믿지 못한다.

　유언비어 퍼뜨린다고 욕이나 잔뜩 퍼질러 먹지 않으면 다행이다.

　-사실 이것도 조작된 방송인 거 아님?

　-ㅅㅂ 미국 정부에서 지구인들 통제하려고 이러고 있는 거임?

　-세금 올라가겠네. 국방부에서 방위 대책 세워야 된다고 하

신전의
원코인
클리어

면서.

－국방주 ㄱ?

태양이 피식 웃었다.

이렇게까지 보여 줬는데도 딴소리 나오는 게 인간이라는 족
속들이다.

"그냥. 그렇게 알아 두라고."

후웅.

게이트가 태양과 란, 카인을 잠식했다.

✶

치이익-.

분명 한때는 익숙했던 소리가 귓가에 맺힌다.

덜컥.

플라스틱 덮개가 열렸다.

눈을 뜨니 한 여성이 보인다.

사슴처럼 크고 동그란 눈.

백옥 같은 피부.

파르르 떨리는 입꼬리.

별림이 작게 중얼거렸다.

"언니."

"별림아아아아아아!"

현혜가 캡슐 속에 누워 있는 별림을 껴안았다.

혹여나 다칠까 조심스럽게, 그러면서도 반가움이 주체하지 못하는 현혜의 몸짓에 별림은 저도 모르게 미소를 짓고 말았다.

"흐에에에에에에엥!"

"언니, 왜 이래. 못 본 사이에 아가가 됐네."

"내가 진짜…… 너희만 거기 보내 놓고……. 히이잉."

"괜찮아, 괜찮아."

다행히 움직이는 데는 별문제가 없었다.

간신히 허리를 일으킨 별림이 현혜의 등을 토닥이며 주위를 돌아보았다.

군인들 몇 명.

외국인 둘.

다행히 카메라를 든 사람은 보이지 않았다.

"기자는 없네. 다행이다. 쌩얼로 방송 탈 뻔했네."

"너는 이 마당에 그런 게 걱정이니?"

"당연하지. 얼굴로 먹고사는 직업이잖아."

별림이 장난스럽게 코를 찡그렸다.

"아~ 이제 차원 미궁에서 겪은 이야기를 방송에서 풀면……. 헤헤. 생각만 해도 신난다."

"너는…… 어휴…….'

현혜가 고개를 절레절레 저었다.

신전의
원코인
클리어

그때 군인 한 명이 입을 열었다.

"저…… 이러고 있을 게 아니라 검진을 받으셔야 합니다. 장시간 캡슐에 있어서 느껴지지 않더라도 신체에 무리가 가 있을 가능성이 큽니다."

"앗, 네."

곧 옆에서 대기하던 의사가 별림의 몸 상태를 체크하기 시작했다.

일단은 간단하게 혈액을 뽑고 동공 반응을 확인하고, 맥박을 재는 정도였다.

캡슐에 앉은 별림을 상대로 간단한 사안을 확인한 의사가 가볍게 고개를 끄덕인 후 별림에게 지시했다.

"일어나 보시겠어요."

"앗, 넵."

캡슐 모서리 부분을 붙잡고 자리에서 일어선 별림이 으챠챠챠- 하는 기합과 함께 자리에서 일어났다.

"어떠세요."

"웃……."

정신은 핑 돌고, 다리가 후들거린다.

별림의 상태를 확인한 의사가 고개를 끄덕였다.

"찌뿌둥하시죠? 다리도 후들후들 떨리고요."

"네……."

"서 있는 자세도 어색하시죠?"

"네."

"몇 달 동안 아무 움직임 없이 캡슐에 누워 있었으니, 당연한 현상입니다."

의사는 캡슐이 좋은 모델이어서 다행히 이 정도로 끝났다고 덧붙였다.

캡슐이 자체적으로 별림의 관절과 근육을 풀어 줬기 때문이라고.

한참이나 검사를 받던 별림이 현혜에게 물었다.

"그나저나 오빠는?"

"태양이는……."

현혜가 작게 입을 오물거렸다.

별림이 번쩍 고개를 들었다.

"왜?"

"그…… 높으신 분들이랑 면담이라나."

"문제없이 오긴 온 거지?"

"응."

"참. 캡슐 안에 몸이 없어졌었다고 들었는데. 모습은? 설마 게임 캐릭터 형태로 돌아온 건 아니지?"

"본 모습으로 돌아왔더라."

"그건 다행이네."

"근데 몸은 좀 더 좋아진 것 같기도 하고……."

"응?"

"아, 아니야."

현혜가 손사래를 쳤다.

대수롭지 않게 고개를 끄덕인 별림이 제 손바닥을 내려다보았다.

몸이 정상 상태가 아닌 것은 둘째 치고, 끈적거리는 탈력감이 그녀의 몸을 휘감았다.

"……뭔가 허전하단 말이지."

사실, 별림은 탈력감의 원인을 명확하게 알았다.

차원 미궁의 캐릭터로 지낸 시간이 너무 길었던 탓이다.

아무리 싱크로율이라는 제한이 있다고는 하지만 차원 미궁의 절반 이상을 올라간 캐릭터다.

신체 능력은 가히 초인의 반열에 들었다고 할 수 있다.

제한된 감각으로나마 그런 힘을 느끼다가 현세의 몸으로 돌아오니 탈력감이 느껴질 수밖에.

별림이 혼잣말을 중얼거렸다.

"아무리 그래도 스테이터스 창이 있는 차원 미궁의 세계보다야 여기가 낫지."

그 순간 별림의 눈앞에 증강현실이 나타났다.

[스테이터스: 업적(261) – 솔로 플레이어, 영리한 사냥꾼, 삼십육계……]

[보유 금화 : 120]

[카드 슬롯]

1. 수호 기사의 각인 – 작고(U): 민첩 +2, 맷집 +2 [잠김]

2. 영혼 갑옷(U): 맷집 +2 [잠김]

스킬 – 영혼 갑옷: 갑옷 '아달의 역작'의 영혼이 플레이어의 신체를 보호합니다.

3. 재롱부리기(R): 민첩 +1, 신성 +1, 영웅 +1 [잠김]

…….

[스킬 – 수호 맹세: 30분간 맷집 스텟이 +2 보정을 받습니다.]

너무나도 익숙한 양식.

익숙한 글씨체.

그리고 익숙한 숫자들.

"어, 어라?"

별림의 동공이 떨렸다.

의사가 눈을 빛내며 물었다.

"불편한 곳이라도 있습니까?"

"아니 저…….."

별림은 말을 잇지 못했다.

바야흐로, 지구의 역사가 플레이어의 시대로 접어드는 순간이었다.

후일담 - 헌터 시대

석기시대.

청동기 시대, 철기 시대.

중세.

그리고 근대.

각 시대를 거치며 인류는 수많은 발명과 발전을 이룩했다.

뗀석기와 간석기.

청동기. 철기.

문자.

바퀴. 화약. 종이. 나침반.

원자폭탄.

더 나아가 비료와 세탁기, 콘돔과 에어컨에 이르기까지.

인류는 커다란 발전을 이룩할 때마다 시대를 나눴다.

그리고 다음 시대로 건너갈 때마다 인류의 삶은 큰 폭으로 바뀌었다.

땅바닥에 앉아 돌을 때리던 인류는 어느새 불 앞에 철을 집어넣었다.

얼마 후엔 글을 쓰고 그림을 그렸으며, 언제부턴가 무거운 철을 바다에 띄우고 하늘에 날리는 경지에 도달했다.

강가에 앉아 빨랫감을 때리던 아낙네는 세탁기에 옷을 집어넣고 책을 읽었다.

강렬한 더위가 사방을 내리쬐는 여름에도 에어컨에 의해 감기에 걸리는 사람마저 나타났다.

변화의 거듭.

같은 지구의 같은 인류가 살았음에도 불구하고, 시대에 따른 생활상은 판이하게 달라졌다.

그리고 지금, 오로지 한 인간의 독단이 새로운 시대를 열었다.

정보화시대의 종막을 내린 새로운 시대, 이름하야 '게이트 시대'가 열린 것이다.

"설마, 이런 식으로 역사에 이름을 남길 줄이야."

태양이 지구로 귀환한 후, 그레모리가 경고한 대로 거대 차원 지구를 감싸고 있던 차원 장막에 균열이 생겼다.

우주의 마나는 일정한 밀도를 유지하기 위해 지구로 물밀듯이 밀려들었고, 우주에 휘돌던 수많은 부스러기 차원들 역시 덩달아 지구에 도착했다.

마치 해안선에 도착한 난파선과 같은 부스러기 차원.

인류는 그것을 게이트라고 불렀다.

보물, 유적, 괴수, 아인(亞人).

지구 곳곳에 생겨난 크고 작은 게이트에서는 부스러기 차원의 내용물들이 쏟아져 나왔다.

또한, 게이트 시대를 부르는 다른 이름이 있었다.

플레이어 시대.

이유는 간단했다.

신인류가 나타났기 때문이다.

인류는 그들을 '현실에서 스테이터스 창을 볼 수 있는 인간'으로 정의했다.

또한 플레이어, 혹은 각성자라고 지칭했다.

역사서는 차원 미궁에 갇혔던 3억의 인류를 최초의 신인류로 기록했다.

신인류, 각성자는 마치 들불처럼 인간들 사이로 번져 나갔다.

최초의 신인류가 나타난 뒤에는 차원 미궁과 관련이 없던 일반인 중에서도 각성자가 생겨나기 시작했다.

차원 미궁 70층.

태양이 발락에게 성토했다.

"기준이 뭔지를 모르겠어. 업적을 얻으면 강해지긴 하거든? 그런데 업적은 마왕이 정해 놓았던 기준을 달성했을 때 얻어지는 거잖아."

"신기한 일이군."

"그런데 또 아예 기준이 없지는 않다? 강력한 마수를 잡거나, 아니면 평범한 사람은 못할 일을 해내거나. 그러면 일관적으로 각성을 한단 말이지."

각성 조건도 불명.

제대로 알 수 있는 것, 거의 없음.

확실한 것.

각성자에게 나타나는 스테이터스 창이 지구에서 차원 미궁의 시스템과 똑같다.

"이게 뭐냐고, 진짜."

"그래도, 나름 공식이 있는 거로군."

태양의 말에 발락이 눈을 빛냈다.

"일관성이 보여서 그나마 다행이긴 한데. 난 이게 진짜 마음에 안 들거든."

마음에 안 들 수밖에 없다.

차원 미궁은 태양에게는 지옥이었다.

지구로 귀환하고 나서도 PTSD를 유발하는 요소가 곳곳에 산재하니 기분이 나쁠 수밖에.

발락이 고개를 끄덕였다.

신킨의
원코인
클리어

"어떻게 된 일인지 대충 알겠다."

"알겠어?"

"밀폐 차원이 개통되는 과정에서 일어나는 흔한 일이다."

"흔한 일이라고?"

"그래. 마나는 물리법칙을 거스르는 힘이다. 그런 힘이 급속도로 유입되었으니 곳곳에서 이제껏 관측하지 못한 온갖 신비가 용솟음칠 수밖에 없지."

발락이 물었다.

"차원 미궁의 플레이어 시스템 말고도 변고는 많겠지? 부스러기 차원 말고. 그러니까 예를 들면 일반적인 동물의 괴수화라거나, 유서 깊은 물건에 마법적인 일이 생긴다거나 하는 것들 말이다."

"……응. 그건 예상했지. 경고해 줬으니까."

"그것과 같은 선상의 일이다."

유물이 아티팩트가 되고, 동물이 괴수, 마수, 신수가 된다.

인간 역시 그렇게 변한 것뿐이다.

"그게 왜 하필 시스템 창이냐고."

"흠. 추측이지만, 내가 보기엔 지구의 인간들에게 가장 익숙한 이능(異能)이 바로 차원 미궁의 플레이어 시스템이기 때문이다."

물론 가설일 뿐이다.

하나 발락은 제 가설이 꽤 신빙성 있는 이야기라고 생각했다.

"못해도 인류의 10%가 차원 미궁의 플레이어 시스템에 노출됐지. 즉, 지구 인류의 상상에 가장 가까이 있는 마나 발현 형식이 바로 시스템 창이라는 뜻이다. 어쩌면 자연스러운 일이지."

"하."

태양이 한숨을 내쉬었다.

발락은 오히려 태양의 어깨를 때리며 덧붙였다.

"내가 보기엔 오히려 좋은 일이다."

"좋은 일이라고?"

"그래."

마나는 생명체의 상상과 의지를 현실화하는 에너지다.

하지만 동시에, 그 현상이 실체화되는 순간 상상과 의지를 제한하는 매개이기도 했다.

"차원 미궁에 모였던 수십 명의 마왕. 그들이 사용했던 권능들. 생각보다 단조롭다고 생각해 본 적 없나?"

발락의 말에 태양이 헛웃음을 쳤다.

"엥? 단조롭다니. 다채로웠으면 다채롭지, 단조롭다고? 단탈리안 그 미친X이 마법 1만 개를 동시에 짜 올렸던 거 생각하면 내가 아직도……."

"그게 이상하잖나."

"뭐가?"

"마법 1만 개. 그중에서는 권능에 달한 기술도 있고, 그냥 마법의 수준에 머무른 기술도 있지."

"아니, 그러니까 뭐가?"

"단탈리안은 수천, 수만 개의 차원을 오가며 '마법'을 수집했다."

발동 방식, 접근성 등의 세세한 부분에서는 차이가 있지만, 근본적으로는 마법 혹은 주술이라는 카테고리 안에 들어갈 법한 기술들.

"대부분 지적 생명체들이 그래. 용이든, 악마든, 인간이든. 생각하는 게 다 거기서 거기야."

마법과 주술.

그리고 무공.

원시시대에 머무른 지적 생명체의 상상과 열망은 생각보다 단순하다.

불을 뿜고 싶다.

힘이 강해지고 싶다.

비를 내리고 싶다.

빨리 달리고 싶다.

번개를 뿌리고 싶다.

이성을 유혹하고 싶다.

"단순하고, 직관적이며, 원시적이지."

"어……."

"당연해. 마나는 상상을 고착시키고, 아무리 지적 생명체라 한들 원시시대에서 할 수 있는 상상은 한계가 있으니까."

마법의 발전은 그들의 선조가 생각해낸 상상을 깨부숴 나가는 과정이다.

무공의 발전 역시 시조가 그어놓은 한계를 넘어서는 작업이다.

"원시적이고 직관적인 것이 나쁜 건 아니야. 다만, 수천 개의 차원에서 천편일률적으로 발견할 수 있다면, 그건 조금 아쉽지."

그에 비해 지구는 어떠한가.

인류 대다수가 원시적이지 않은 상상을 공유하는 덕분에 기존과 전혀 다른 형태의 신비가 나타났다.

"마냥 달라서 좋다는 게 아니야. 냉정하게 따져봤을 때 플레이어 시스템은 그 자체로 나쁘지 않다. 오히려 마법, 무공보다 압도적으로 세련됐지."

애당초 단탈리안을 위시한 머리 좋은 마왕들이 플레이어의 능력을 최대한으로 끌어내기 위해 설계한 도구가 바로 플레이어 시스템이었다.

"하긴. 생각해 보니까 그러네."

태양이 저도 모르게 고개를 끄덕였다.

일부 사람들이 현실을 외면하고 게임에 빠지는 이유가 무엇이던가.

게임은 현실과 다르게 이루어 낸 성취가 수치화되어 가시적인 보상으로 돌아오기 때문이다.

"게다가, 플레이어 시스템이 사람들이 성장할 방향성을 잡아 주니까……."

"바로 그거다. 길을 잘못들 일이 없지. 거기에, 내가 생각하는 플레이어 시스템의 장점은 따로 있어."

상술했듯, 대다수 생명체는 어떤 방식으로든 보상을 얻고 싶어 한다.

다만, 전제가 붙는다.

이왕이면 쉬운 방법을 통해서.

컴퓨터가 발전하자 운동하는 대신 게임 캐릭터의 근력 스텟을 올려 대리만족하는 사람이 늘었다.

현실의 이성을 유혹해 침대까지 데려가는 대신 성인용 비디오를 관람하는 사람이 늘었다.

왜?

쉬우니까.

쉬운 것을 추구하는 건 당연한 일이다.

"플레이어 시스템은 불명확한 목표를 명확하게 바꿔 준다. 그것 하나만으로, 목표의 달성은 아주 쉬워지지."

발락은 내심 지구의 플레이어 시스템이 부러울 정도였다.

속으로 아쉬움을 삼킨 발락이 물었다.

"그래서, 생각은 해 봤나?"

"뭐? 왕 노릇?"

"그래. 지구 인류의 군주가 되는 일말이다."

발락의 말에 태양이 손사래를 쳤다.

"관심 없어."

"마나라는 새로운 자원은 지구를 난장판으로 휘저을 거다. 전쟁, 재해가 우후죽순으로 퍼져 나갈 거야. 명확한 구심점이 없으면 너희 인류는 역사에 남을 커다란 상처를 입을지도 모른다."

"관심 없다니까. 난 내 주변만 지키면 돼. 그리고, 애초에 난 뭐 인류 대통령 그런 거 할 깜냥이 못 돼. 힘만 좀 세지. 역사가 증명하잖아? 멍청하고 힘만 센 군주는 나라를 말아먹는 법이지."

너무나 자기 객관화가 잘된 태양의 모습에 발락이 할 말을 잃었다.

"크흠. 초월자가 여럿 나올 거다. 그중에서는 네 아성을 위협하는 존재가 나타날 수도 있고."

"그러면 그런가 보다 하는 거지."

"정말 인류가 망해도 상관없다는 거냐?"

"망하는 수준까지 가면 뭐라도 해야겠지. 그런데…… 아니 뭐 어쩌라고? 내가 할 수 있는 게 없다니까? 몸이 뭐 열 개도 아니고. 전 세계에서 동시에 지랄 개판이 날 텐데 나보고 뭐 어쩌라는 거야?"

발락이 쩝- 하고 입맛을 다셨다.

하루라도 일찍 지구 문명과 교류의 물꼬를 트고 싶은 발락의 입장에선 아쉬운 일이었다.

"하고 싶으면 창천도 있고, 에덴도 있잖아."

모든 플레이어가 고향 차원으로 귀환했음에도 불구하고, 창천과 에덴, 차원 미궁은 여전히 연결되어 있었다.

닫고 싶다면 닫을 수는 있겠지만, 태양이 굳이 게이트를 닫지 않았기 때문이다.

위험이 생긴다면 닫아야겠지만, 태양은 교류의 가능성을 생각했다.

물론, 혼란으로 가득한 지금 당장은 교류를 하고 있지는 않았다.

"그렇지 않아도 두 차원과는 교류를 시작했다. 간단한 수준이기는 하지만."

두 차원과 지구는 상황부터가 달랐다.

에덴과 창천의 경우는 애당초 마나가 존재했던 차원이기에 차원 장막에 틈이 생겨도 그 혼란이 적었다.

"흠. 걔네는 잘살고 있대?"

"부스러기 차원이 상륙하는 덕분에 혼란은 있지만…… 지구보단 상황이 낫지."

"젠장. 지구보다 못하면 거의 멸망 수준 아니냐?"

지구와의 교류가 엎어진 시점에서 흥미를 잃은 발락이 자리에서 일어났다.

"뭣하면 직접 찾아가 보든가."

"어? 그래도 되나?"

"안 될 것도 없지. 다만, 차원의 반발은 감수해야 할 거다."

"틈이 뚫려서 약해진 거 아니었어?"

"약해졌다 뿐이지, 있긴 하다. 태양, 나는 이만 일어나 보지."

"어, 벌써?"

"군주는 바쁜 법이다."

후웅.

발락이 공간을 뛰어넘어 사라졌다.

생각보다 이른 시간에 혼자 남아 버린 태양이 뒷머리를 긁었다.

"어, 음. 여기까지 온 김에 란 얼굴이나 보고 갈까."

후일담 - 란

휘우우우우우웅.

천 길 낭떠러지.

심약한 사람이라면 아래를 바라보는 것만으로 가슴을 부여잡고 쓰러질 절벽.

한 여인이 낭떠러지 끝에 걸터앉았다.

산책이라도 나온 듯 편안한 여인의 손짓에 절벽 주변을 거칠게 맴돌던 바람의 기세가 죽었다.

바람들은 마치 주인은 만난 강아지처럼 여인의 몸을 지분거렸다.

평소라면 눈을 감고 간만에 만난 바람과 교감을 나눴겠지만, 지금 그럴 기분이 아니다.

란이 불만스럽게 절벽 끝을 발꿈치로 툭툭 쳤다.

"태양은 잘 있으려나."

돌아온 고향, 창천은 놀랍도록 변화가 없었다.

차원 미궁의 입구, 아몬의 입을 관리하던 황제의 친인척은 황제의 칙령 아래 형장의 이슬로 사라졌다.

그 뒷배가 본래 황제였다는 사실을 모르는 이는 거의 없었으나, 모두가 쉬쉬했다.

천문이 반쯤 와해되어 버리는 바람에 차원 미궁에 다녀온 플레이어들이 모일 구심점이 없었던 탓이다.

황제를 응징하기 위해서 란이 움직였으면 이야기가 달랐을지 모르겠지만, 그녀는 움직이지 않았다.

관심이 없었기 때문이다.

물론, 변화가 없다는 건 정치적인 부분에서만 그렇다.

창천 역시 지구처럼 차원 장막에 틈이 생기고, 부스러기 차원이 게이트의 형태로 상륙했다.

작금의 중원은 난리도 이런 난리가 없었다.

덕분에 황제의 권력이 더욱 공고해지는 모양새이기도 했다.

란이 입술을 삐죽 내밀었다.

그쪽에도 게이트가 산발하고 있을까.

지구는 마나도 없던 차원이라 혼란이 더 클 텐데.

잠시 생각을 잇던 란이 도리도리 고개를 내저었다.

그녀도 안다.

신컨의
원코인
클리어

이 정도 시련 가지고 태양이 다칠 일은 없다.

'지금쯤 뭘 하고 있으려나.'

솔직히, 태양을 생각하기 싫었다.

해결되는 건 없고 마음만 싱숭생숭해지니 더욱 그랬다.

하지만 생각하지 않으려 해도 어느 순간 마음이 쏠리는 건 란의 자의로 어떻게 해결되는 일이 아니었다.

특히나 오늘은 더 그랬다.

마치 창천 어딘가에 태양이 떨어지기라도 한 것처럼, 바람에서 자꾸 태양의 기척이 읽혔던 것이다.

처음엔 정말 태양이 넘어온 줄 알고 들떴지만, 기분 탓이었다.

기감을 넓혀 찾아보았는데도 중원 천지에 태양은 없었다.

란이 고개를 떨어뜨린 채 슬쩍 입술을 깨물었다.

'진짜 너무한 거 아닌가.'

태양과 란의 관계는 목숨을 살려 준다는 핑계로 억지 불공정 계약을 맺으며 시작했다.

인생 최악의 경험이 될 줄 알았던 태양과의 계약은 생각 외로 순탄했다.

싸우고, 싸우고, 싸우고, 구르고, 싸우고.

'순탄하진 않았네.'

이상한 짓은 안 해서 다행이었지만, 정말 고생길의 연속이었다.

그래서 란은 태양이 더욱 야속했다.

어떻게 차원에 돌아갔다고 얼굴 한 번 비치지 않을 수가 있느냐는 거다.

"생각해 보니까 이상한 짓도 안 하진 않았지. 했잖아."

무려 입을 맞췄다.

란은 의식이 없는 상태에서!

그녀의 허락도 받지 않고!

몰래!

입맞춤.

초월자를 상대하는 일, 그리고 차원 미궁에 갇힌 플레이어들의 명운에 비하면 조금 덜 중요한 사건일지도 몰랐다.

거시적인 관점에서는 그랬다.

하지만 미시적인 관점, 그러니까 란의 인생에서 입맞춤은 중대 사항이었다.

심지어 평범한 입맞춤도 아니다.

란의 짧지 않은 인생 중에 부모님이 아닌 이성과 '처음으로 나눈' 입맞춤이었다.

그런데 그런 소중한 것을 무자비하게 빼앗아 간 태양은 어떤 행태를 보였던가.

불가항력 상태에서 입맞춤을 훔쳐 간 주제에, 아주 그냥 태연하게 란을 대했다.

아니, 태연을 넘어서 아예 그런 일이 없었다는 듯이 행동하기까지 했다!

거기까지 생각이 미친 란이 저도 모르게 자리에서 벌떡 일어났다.

"용서할 수 없어!"

용서할 수 없어! 용서할 수 없어! 용서할 수 없어!

란의 목소리가 절벽에 부딪혀 돌아온다.

여러 번 반복되는 메아리.

들은 사람은 없었지만 스스로 부끄러워진 란이 팔을 흔들어 소리를 지웠다.

"크흠. 아무튼, 이건 사과라도 들어야겠어."

허공에 손을 휘젓자 전면의 공기가 반투명하게 형체를 이루었다.

란은 공기로 이루어진 거울을 바라봤다.

고양이처럼 올라간 눈매.

도톰한 입술.

그리고 펑퍼짐한 도복으로도 가려지지 않는 몸매.

거울 속의 여인이 빙긋 웃었다.

치켜 올라간 눈매가 일순 지그시 풀어졌다.

영락없이 헤실헤실한 강아지상이다.

여인이 표정을 굳혔다.

눈꼬리가 다시 올라가고, 입술은 요염하게 다물렸다.

직전의 강아지는 온데간데없이 사라지고, 도도한 고양이만 남았다.

"훗."

란은 자기 객관화가 꽤 잘되는 여성이었다.

그러니까, 본인이 매력적임을 알고 있다는 뜻이었다.

"그래. 그쪽에서 안 오면, 내가 가면 되는 거야."

후웅.

바람이 불었다.

창천의 하늘은 가을에 깊어가건만, 살랑이는 공기의 흐름이 마치 봄처럼 산뜻했다.

❦

창천.

문화 수준이 중세 수준에 멈춘, 동양의 생활양식을 한 차원이다.

지구에서도 중세까지는 동양이 서양에 비해 문화 발달이 빨랐다는 여론이 대세다.

그 이유 중 하나는 밀보다 쌀이 면적당 생산량이 좋았고, 그에 밀집 인구에서 차이가 나 더 크고 화려한 도시가 만들어졌기 때문이다.

그러니까, 창천의 도시에는 사람이 엄청나게 많았다.

"와난- @#%유$$!"

신전의
원코인
클리어

"케이@)&%라 짠 @##마리!"

"코라#(!"

증강현실 시스템 창이 태양의 눈앞에 나타났다.

[이차원, 창천에 당도했습니다. 플레이어 윤태양이 업적, '세계 최초 이세계 여행자'를 획득하였습니다.]

[시스템 로그에 기록되어 있는 언어입니다. 번역하시겠습니까?]

"……어."

사실, 번역해도 의미는 없다.

"돈 놓고 돈 먹기! 거기 청년! 어! 어! 지나가지 말고! 여기 30냥짜리 판이 하나 만들어졌는데 와서 끼어 보지 않겠나? 면면들이 나쁘지가 않아!"

"닭꼬치! 양꼬치! 돼지꼬치! 소꼬치! 원하는 꼬치가 있으면 말씀만 하세요!"

"호재야, 호재! 낙융의 이차원 문이 닫혔습니다! 낙융 사람들은 오늘부터 고향으로 돌아가도 된답니다!"

창천의 어느 도시에서 혼자만 현대인의 복식을 한 태양이 뒷머리를 긁적였다.

"……이야, 이거 곤란하네."

몰래 찾아가려고 기껏 마음먹고 기척까지 죽였건만, 정작 태양이 란을 찾을 수가 없었다.

생각해 보면 당연한 일이다.

태양은 언제나 치고 박는 역할이었다.

기척을 감지하거나 정보를 습득하는 역할은 란과 살로몬의 차지였다.

뒤늦게 기척을 풀어 헤쳐 보았지만, 란이 태양을 찾아오는 일은 없었다.

보통 그렇다.

생각이 없으면 몸이 고생하는 법이다.

꿀꺽

케빈 듀넷.

B등급 클랜, 불꽃의 클랜 마스터.

그는 태양만큼은 아니지만, 굉장히 유명한 차원 미궁 출신의 플레이어였다.

이유는 간단했다.

통합 쉼터에 모인 온갖 플레이어들 앞에서 단탈리안에게 태양의 위치를 실토한 플레이어가 바로 그였기 때문이다.

당시 통합 쉼터에는 아주 많은 플레이어가 모여 있었다.

당연히 방송을 켠 채 단탈리안에 접속했던 지구인도 꽤 있었다.

다르게 말하자면, 케빈 듀넷이 윤태양과 3억의 인류를 배신하는 장면이 전 세계에 실시간 라이브로 송출되었다는 뜻이다.

[차원 미궁 출신 플레이어 최초로 미궁 안에서의 혐의로 재판에 기
소되었습니다. 플레이어 케빈 듀넷이 업적, '세계 최초 플레이어 출신
피고'를 달성했습니다.]

피고, 케빈 듀넷의 머리 위로 분위기에 걸맞지 않은 팡파레
가 터져 나갔다.

미국인 검사가 열정적인 목소리로 피고의 죄를 성토했다.

"피고는 대적 단탈리안에게 윤별림의 위치 정보를 실토했습
니다. 윤별림은 윤태양이 차원 미궁에 들어가게 한 절대적인
이유로, 그녀가 잡히는 순간 윤태양은 사실상 전투 의지를 잃
었을 것입니다. 그는 오직 가족을 위해 목숨을 걸고 사지로 들
어갔던 영웅이니까요."

우와아아아아!

검사의 멋들어진 연설에 공개 재판장이 일순간 환호로 들끓
었다. 작금 윤태양의 인기가 어느 정도인지 알 수 있는 대목이
었다.

"즉, 피고는 윤태양과 3억 인류의 목숨을 치명적으로 위협한
혐의를 가지고 있습니다."

피고, 케빈 듀넷 필사적으로 변론했다.

"목숨이 걸린 상황이었습니다. 윤태양의 위치를 말했다는 사

실만으로 저에게 죄를 물을 수 없습니다. 이건 인권 침해입니다!"

"아니오. 피고는 단탈리안 앞에 서지 않을 수 있었는데 스스로 나갔습니다. 또한 과거에도 본인을 포함한 플레이어들의 지구 귀환을 원하지 않는다는 요지의 발언을 스트리머 엘렉트라를 포함한 여러 방송 앞에서 반복적으로 하였으며……."

TV를 보던 현혜가 절레절레 고개를 흔들었다.

"어휴, 불쌍해서 더는 못 보겠다."

귀환하기 전, 태양을 비판하는 여론은 산불처럼 거셌다.

심지어 일부 과격한 커뮤니티에서는 태양에게 자살 폭탄 테러를 하겠다는 사람이 나타날 정도였다.

그런 여론은 태양의 귀환 이후로 정확히 일주일 동안 이어졌다.

더도 말고.

덜도 말고.

일주일.

현대 인류에게 매스컴이 얼마나 효과적인지 알 수 있었던 사건이었다.

태양을 지탄하던 언론과 기업, 인플루언서, 그리고 각국 정부는 게이트 사태가 현실로 다가오자 안면을 몰수하고 태양을 영웅으로 떠받들기 시작했다.

3억 인류를 구해 온 실적이 있으니 명분은 차고 넘쳤다.

그에 사람들은 정말 마법처럼 태양에게 열광하는 데 동조했다.

마법이라도 일어난 것처럼.

거기에 더해 태양이 세계 각국을 돌아다니며 거대한 게이트 몇 개를 가뿐하게 치워 주고 나니, 태양은 어느새 인류를 대표하는 영웅이 되어 있었다.

그리고 지금, 불쌍한 케빈 듀넷은 그 반작용을 몸으로 받고 있었다.

"케빈도 커리어 좋은 플레이어라 미국이 어지간하면 안고 갈 줄 알았는데."

기실, 케빈 듀넷 정도면 단순히 커리어가 좋은 정도가 아니라, 차원 미궁의 지구 진영 플레이어 상위 1퍼센트 수준이다.

당장 지구 진영 플레이어들이 모여 만든 클랜, 불꽃의 마스터까지 해먹은 사람이 아니던가.

그러나 안 될 사람은 뒤로 넘어져도 코가 깨진다고 했던가.

다만 정치적인 상황이 맞물리고 맞물리다 보니 상황이 이렇게까지 와 버렸다.

사실 미국 정부의 의도는 뻔했다.

플레이어들에게 경각심을 심어 주는 한편, 기존의 국민들에게 안심을 준다.

그와 동시에 태양의 눈치를 보는 거다.

도랑 치고 가재를 잡는 동시에 시원하게 물 구경까지 하는 일석삼조(一石三鳥) 전략.

물론 미국도 생각이 있으니만큼 케빈 듀넷을 아예 잘라 내진 않겠지만, 본보기로 만들 요량인 것은 확실해 보였다.

"쯧. 진짜 무섭다 무서워."

사실, 어떤 측면에서 보면 케빈 듀넷의 상황은 참작될 만한 여지도 있었다.

그렇지 않은가.

누가 뭐래도 케빈 듀넷의 상황은 목숨이 경각에 달했다.

별림의 소재를 아는 누구였더라도 살기 위해 말했을 터다.

하지만 현실이 이랬다.

같은 죄를 지어도 누군가는 무기징역을 살고, 누군가는 1년 동안 감방에서 피크닉을 즐기다 나간다.

어떤 사람은 지은 죄에 비해 터무니없이 과한 벌을 받고, 어떤 법은 어기는 사람을 위해 사리에 걸맞지 않은 유한 처벌을 고수하기도 한다.

법은 공정하기 위해 노력하지만, 힘 있는 사람을 위주로 돌아간다.

사람이 하는 일이라는 게, 그렇게 어쩔 수 없는 법이다.

현혜가 혀를 끌끌 차는 와중이었다.

[대항할 수 없는 수준의 생명체가 급속도로 다가옵니다.]

증강현실이 나타났다.

그녀가 각성한 스킬 유니크 등급 스킬 카드, '초월시야(超越視野)'가 발동한 것이다.

아마도 태양의 방송을 오래 보고 있었던 탓에 얻은 듯한 스킬. 주변에 특이 사항이 의식하지 않아도 자동으로 보고해 주는지라, 꽤 편리한 이능이었다.

여하간.

대항할 수 없는 수준의 생명체라 함은 초월자를 뜻했다.

그리고 지구에 존재하는 유일한 초월자는 태양이다.

현혜가 시계를 봤다.

"벌써? 발락이랑 만난다더니."

시곗바늘은 5시 30분을 가리키고 있었다.

태양이 돌아오면 오랜만이 같이 저녁이나 먹을 요량이었는데, 생각보다 만남이 훨씬 일찍 끝난 모양이었다.

띵동―.

초인종이 울렸다.

그에 현혜가 자리에서 일어났다.

"야, 네 집인데 그냥 열고 들어오면 되지……."

벌컥.

문을 연 현혜가 굳었다.

문 반대편에 태양이 아니라 어떤 여성이 서 있었다.

여성은 왜인지 잔뜩 긴장한 얼굴이었다.

"지, 집을 잘못 찾아왔나 봐요. 어, 맞는데? 아니구나. 아니겠지. 제가 착각했나 봐요. 죄송합니다……."

오밀조밀한 이목구비가 울상을 짓고, 육감적인 몸매가 갈피를 잡지 못하고 이리저리 흔들린다.

그리고 그런 그녀의 표정과 몸짓이, 현혜에게는 너무나 익숙했다.

"란?"

"네?"

"플레이어 란 맞아요? 풍술사 란?"

"여기 앉으시면 되요."

현혜가 란에게 쇼파를 권했다.

란이 쇼파에 앉으며 주변을 살폈다.

태양의 집, 거실 구조는 단출했다.

그림이 움직이고 소리가 나오는, 얇고 커다란 상자.

그녀가 앉은 푹신한 의자.

그리고 사람 하나는 너끈히 들어갈 원통형의 커다란 기구.

그게 다였다.

"다른 차원에서 오셨을 텐데. 어색하시겠어요. 사는 모양새가 많이 다르죠?"

"아, 네. 그러네요."

잠시 입을 오물거리던 란이 조심스럽게 물었다.

"태양의…… 지인이신가요?"

"지인. 하하. 네, 뭐. 그렇죠."

현혜가 어색하게 웃으며 대답했다.

란이 멍하니 그 모습을 바라봤다.

웃는 현혜의 눈꼬리가 반달을 그리며 소담하게 접혔다.

머리가 멍했다.

'여자가 있었어.'

란이 맞은편에 앉은 여자를 뜯어보았다.

편안히 앉아 있는 듯싶지만, 허리가 곧고 신체의 균형이 잘 잡혀있다.

기 역시 바르게 세워져 마주하는 사람을 편안하게 만들었다.

일명, 배운 집 자식이다.

거기에 외모는 어떠한가.

깨끗한 피부는 만지면 분이 묻어 나올 것같이 하얗다.

크고 동그란 눈은 마치 안에 별이라도 들어 있는 것처럼 반짝거린다.

'……'

란처럼 단련된 신체는 아니다.

하지만 푸른색 바지에 흰 면 티는 현혜의 여성스러운 곡선을 숨기지 못했다.

천박하다고 책을 잡기엔 세련된.

동시에 뭇 남성의 눈길을 독차지하기에 충분한 몸매.

더 말할 것도 없었다.

란의 앞에 선 여성은, 그녀조차 인정할 수밖에 없을 정도로 매력적이다.

"하……."

태양이 란에게 왜 눈길을 주지 않았을까.

왜 그렇게 부조리한 계약을 맺어 놓고도 털끝 하나 건드리지 않았을까.

미처 생각하지 못했지만, 사실 당연한 결론이었다.

이미 다른 여자를 마음에 품고 있었던 거다.

생각이 거기까지 닿은 란이 고개를 푹 숙였다.

"……저기?"

울면 안 되는데.

이런 모습 보여 주는 거 진짜 싫은데.

적어도 이 여자 앞에서 만큼은…….

투둑—.

찔끔 흘러나온 눈물방울이 그녀의 마음도 몰라주고 마룻바닥을 적셨다.

신컨의
원코인
클리어

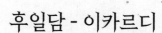

후일담 - 이카르디

한때, 유프라테스라는 이름을 가진 차원이 있었다.

무를 숭상하는 테배라는 이름의 왕국이 있었다.

안타깝게도, 그들은 마왕의 침공을 받았다.

왕국은 산산이 분해되고, 차원은 갈기갈기 찢겨 그 일부만
이 차원 미궁의 스테이지로 복속되었다.

이카르디는 유프라테스 차원, 태베 왕국의 기사였다.

유프라테스는 에덴, 창천, 지구와는 사정이 달랐다.

차원 미궁에 억지로 유입된 유프라테스 차원의 유민에게 남
은 것은 절망뿐이었다.

다행히도 이카르디는 절망을 딛고 일어섰다.

미궁을 올랐다.

고향을 되찾기 위해서.

산산조각난 고향의 잔해라도 모으기 위해서.

차원 미궁 2층에 처박혀 스테이지의 부속품으로 살 바엔 발버둥이라도 치는 편이 더 나은 삶이라는 것을 한 플레이어가 알려 준 덕분이었다.

'윤태양.'

심상치 않은 남자임은 그때부터 직감했다.

하나, 이 정도로 대단한 인물일지는 몰랐다.

2층에서 헤어진 후, 이카르디도 꾸준히 미궁을 올랐다.

10층, 15층.

때로는 동선이 겹쳤고, 때로는 겹치지 않았다.

만난 적은 없지만, 이카르디는 그것을 알 수 있었다.

윤태양이라는 남자가 지나간 곳에는 그 흔적이 언제나 짙게 남아 있었기 때문이다.

이카르디는 그를 만나 은혜를 갚고 싶었지만, 상황이 여의치 않았다.

흩어진 차원의 유민을 모으고, 그들을 위해 통합 쉼터에 보금자리를 마련하는 등의 활동을 하는 동안 태양은 이미 최상층의 공략조가 되어 있었다.

어느 정도 기반을 잡았다 싶을 때쯤엔, 심지어 차원 미궁을 클리어해 버렸다.

그땐 알은체할 수도 없었다.

하늘의 별에게 알은체하기엔 이카르디가 진 짐이 너무 무거웠기에.

시간이 흘러, 유프라테스의 차원 유민들은 유프라테스와 문화가 비슷한 에덴 차원에 정착했다.

부락은 이제 막 건설단계지만, 그것으로 충분했다.

차원 미궁이 그들에게 찍은 낙인, 시스템 창은 그들에게 충분한 경쟁력을 부여했다.

그러니까, 드디어 이카르디는 긴 시간 져 왔던 짐을 일부 덜어 낼 수 있게 되었다.

"드디어, 만나러 갈 수 있겠군."

이카르디는 태양에게 목숨을 빚졌다.

테베 중앙 기사단의 신의는 강철보다 무겁고 목숨보다 값지다.

태양이 무엇을 원할지 모르겠지만, 그리고 그가 원하는 것을 이카르디가 내줄 수 있을지 모르겠지만, 시도는 해 보아야 하지 않겠는가.

❧

아침 드라마, 속칭 막장 드라마는 호불호가 굉장히 극명한 콘텐츠다.

그리고 태양은 아침드라마를 싫어하는 편에 속했다.

이유는 크게 두 가지였다.

일단 아침드라마는 전개가 항상 천편일률적이었다.

심한 경우는 등장인물이 등장하는 동시에 어떤 과정을 거쳐 어떤 결말을 맞이할지 대략 예측이 될 정도로.

그리고 둘째.

언제나 건드리는 감정선이 같다.

가족과 사랑을 건드리는 지긋지긋한 신파극은 평범한 사람도 소시오패스로 만들었다.

그러나 별림은 태양과 다르게 아침드라마를 좋아하는 편이었다. 그래서, 태양은 아직 별림과 같이 살던 시절에 그녀를 타박하곤 했다.

"아니, 이게 뭐가 재밌다고 아침마다 틀어 놔. 노이로제 걸리게."

"재밌으니까 보지. 아, 방해하지 말고 꺼져."

"꺼져? 어린놈이 오빠한테 말버릇이…… 허구한 날 판타지 같은 드라마만 보니까 이게 가정교육도 판타지로 받은 것처럼 말하네?"

"이게 왜 판타지야! 그냥 연애하고 결혼하는 내용인데!"

"얼씨구, 지 사촌오빠랑 결혼하겠다는 여자에, 주인공 장인어른이랑 주인공 엄마랑 눈이 맞고, 저 남자는 세 집 살림 중이지? 저거? 저게 판타지가 아니면 뭐냐?"

"어이없어. 왜 보는지 모르겠다면서 내용은 다 알고 있네. 아,

저리 가라고. 안 보인다고."

"너 때문에 그런 거잖아. 볼륨이라도 줄이든가. 똥 싸는데 장인어른이 주인공 엄마한테 고백하는 소리가 들려요."

"재밌긴 하지?"

"없다니까."

"오빠가 몰라서 그래. 원래 현실이 더 판타지다? 아침 드라마는 다~ 있는 내용 가지고 쓰는 거라고."

태양은 그 말에 동의하지 않았다.

소설 같은 사랑, 영화 같은 사랑.

그런 건 세상에 있을 수가 없다.

현실엔 극적 허용이 없으니까.

뉴스로 접하는 기상천외한 뉴스도, 까놓고 보면 생각보다 밋밋한 것들이다. 정보를 자르고, 이상하게 붙여서 자극적으로 보이는 것뿐이다.

그렇게 생각했는데.

'이게…… 뭐지?'

눈앞의 광경이 태양의 지론을 정반대로 부정하고 있었다.

"그러니까, 혼약을 맺은 사이가 아니라는 말이죠?"

"아니……."

"몸을 섞은 적도 없고?"

란의 질문에 현혜가 펄쩍 뛰었다.

"무슨 소리를 하는 거야. 당연히 없죠. 없는데, 잠깐 들어 보세요."

"키스는?"

"아, 아직…… 아니, 한 적 없어요."

"그럼 됐어요."

태양의 집, 거실.

쇼파에 앉은 란이 자신만만하게 다리를 꼬았다.

픽 하고 올라가는 입꼬리에 왜인지 자신감이 가득했다.

그에 현혜가 팍하고 고개를 돌려 태양을 바라봤다.

그녀의 시선에 정신이 아득해졌다.

분명 눈으로 보고, 귀로 듣고 있는데 뇌가 현실을 따라잡지
못하고 있었다.

"태양아."

"어?"

"너 방송 꺼 놓고 쟤…… 아니 저분이랑 뭐 했어?"

"아니, 하긴 뭘 해……."

정신이 혼미하다.

잘못한 것도 없건만, 자꾸만 발끝을 바라보게 된다.

저주라도 걸린 건가?

아니면 주술적인 주박인가?

"그럼 뭐라고 대답을 좀 해 봐. 아니, 설명을 좀 해 봐. 이게
무슨 상황인데?"

입술이 바싹 탄다.

혓바닥이 마음처럼 움직이지 않는다.

시야가 자꾸만 흔들린다.

정신 마법에 당한 것도 아닌데 좀처럼 평정을 유지할 수가 없다.

그때였다.

후우웅.

광화문에 펼쳐진 차원 이동 게이트가 진동했다.

누군가 지구로 접근하고 있다는 뜻이었다.

태양이 자리에서 일어났다.

"어디가?"

"게이트가 가동되고 있어."

"그게 뭐?"

현혜가 되물었다.

형식적인 물음에 불안은 섞여 있지 않았다.

태양이 게이트 끝의 법칙을 개변시켰다는 사실을 알기 때문이다. 지금 지구와 차원 미궁을 잇는 게이트는 지구에 적의를 가지고 있는 존재를 상대로는 기능하지 않았다.

"위험할지도 모르잖아. 가 볼게."

"엥? 갑자기?"

"초, 초월자로서의 감이 뭔가 이상하다고 이야기하고 있어."

란이 어깨를 으쓱였다.

"그래? 이상하네. 나도 초월잔데. 일단 있어 봐. 급한 상황이면 내가 알려 줄게. 색적은 또 내 전문이잖아."

"아니…….."

그 순간, 태양의 신성이 진동했다.

유프라테스의 생존자!

폭풍의 정령군주, 아라실이었다.

"유프라테스?"

조각난 나의 고향 차원이다. 놀랍군! 유프라테스의 생존자가
남아 있었을 줄이야!

이거다.

태양이 반사적으로 입을 열었다.

"와! 그래? 그거 엄청 놀라운 일이구나!"

형편없는 연극조의 어투.

사실 유프라테스가 무슨 차원인지 모른다.

아라실의 반응에 놀라긴 했지만 딱히 관심도 없다.

그냥…….

'와, 씨. 누군지는 모르겠는데 감사합니다.'

태양에게는 생각할 시간이 필요했다.

※

현재 지구에서 태양에게 비견될 명성을 지닌 사람은 단 한
명뿐이었다.

메시아.

목숨을 태워 가며 태양이 바알을 죽일 기회를 만들어 준 남자, 메시아는 진정한 의미의 영웅으로 남았다.

어떤 면에서는 태양보다 더욱 추앙받았다.

세계 곳곳에 메시아의 추모비가 새겨지고, 역사의 한 페이지를 장식할 위인을 추모하기 위해 미국은 세계 각지에 메시아의 추모비를 만들었다.

이카르디 역시 한 차원을 위해 목숨을 바친 위대한 영웅을 위해 이름 모를 흰 꽃을 헌정했다.

메시아의 죽음은 차원 미궁 안에 갇힌 모든 플레이어를 위한 희생이었다.

이카르디 역시 그 수혜자, 예를 표하는 건 당연한 일이었다.

고개를 숙여 묵념을 표한 이카르디가 장례식장을 빠져나왔다.

팔짱을 낀 태양이 이카르디를 바라봤다.

"기억났어요. 2층에서 만났던 기사. 맞죠?"

"네. 다행히도 기억하시는군요."

이카르디가 선선히 웃었다.

유프라테스 차원의 인간과 연이 있었나?

"몰랐어. 애초에 아라실, 네 차원 이름이 유프라테스인지도 몰랐어. 네 차원이 차원 미궁에 복속된 차원인 줄로만 알았지."

아라실이 차원 이름을 말했더라도 곧바로 기억해 내지 못했을 거다.

2층에서의 일을 그때까지 기억하고 있었을 리가 없으니까.

"그래서 저를 왜 찾아온 겁니까?"

"제가 당신과 헤어지기 전에 했던 이야기는 기억하지 못하시나 보군요."

"옛날 일이잖아요."

이카르디가 고개를 끄덕였다.

인간은 망각의 동물.

갚을 빚을 잊은 것도 아니고, 베푼 은혜를 잊는 일은 책잡힐 거리도 아니다.

"당신에게 빚진 목숨. 은혜를 갚으러 왔습니다."

"은혜를요?"

이카르디는 태양에게 자신이 도와줄 것이 없을까 물었다.

당연히, 당장 무언가 떠오를 리가 없었다.

차원 미궁이었다면 전력의 한 축이 되어 싸워 달라고도 할 수 있었겠으나, 지구에서는 다르다.

차원 미궁에 비하면 지구는 평화의 온상인 것이다.

산발적으로 게이트가 나타나기는 하나, 한국 주변에 나타나는 게이트는 태양에게 식후 운동거리도 되지 않았다.

사실 만약 초월의 다음 경지까지 도달한 태양에게 도움이 필요할 일이 생긴다면, 그때 이카르디가 할 수 있는 일은 사실상 없기도 했다.

신권의
원코인
클리어

"음. 그래도 한 가지 도와주실 만한 부분은 있네요."

"있습니까?"

"……네."

지구인 윤태양으로서는 답이 나오지 않는 상황이었다.

이차원 원주민의 시각으로는 이 답을 해결해 줄지도 모른다.

"제 얘기나 좀 들어 줘요."

"……그거면 되겠습니까?"

"지금은, 그게 좀 간절하네요."

그렇다.

태양은 이카르디에게 연애 상담을 부탁했다.

솔직히 지푸라기를 잡는 심정이었다.

"……이런 방식이 될 줄 모르겠지만, 알겠습니다."

이카르디가 진지하게 고개를 끄덕였다.

테베 중앙 기사단의 공작새라고 불리던 남자, 이카르디.

아니, 오히려 이편이 은혜를 갚기엔 나을지도 몰랐다.

기사 시절, 화려한 여성 편력을 자랑하고, 또 카운슬러 역할도 심심치 않게 맡아 봤던 것이었다.

"후회하지 않으실 겁니다."

…….

간단한 전후 관계를 전해들은 이카르디가 고개를 끄덕였다.

"간단히 정리하자면 여성 두 분과 동시에 애정 전선을 만드셨다는 거군요."

"……말이 또 그렇게 되네요."

"이상한 일은 아닙니다. 영웅의 호색은 테배의 역사서에도 심심치 않게 기록된, 자연스러운 현상이니까요."

태양이 한숨을 내쉬었다.

이카르디가 팔짱을 낀 채 진지하게 물었다.

"플레이어 란. 싫으신 겁니까?"

"이성적으로요?"

"네."

"……싫진 않죠."

그렇다고 좋아하냐고 물으면, 그건 또 애매하다.

애당초 차원 미궁에서 그런 생각을 할 시간은 없었다.

그런 걸 생각할 정도로 여유를 부렸다면 태양은 바알에게, 그리고 단탈리안에게 죽었으리라.

"그렇다면, 현혜라는 여성분은?"

"좋아하기도 하고, 소중한 친구이기는 하죠. 정의를 하자면요. 그런데 이게 또 이성의 문제로 생각을 해 보면……."

"확신은 없으시군요."

"네."

"하지만 분명, 마음의 변화가 있으실 겁니다. 누군가가 나를 좋아한다는 사실은 그 자체만으로 마음을 받는 사람에게도 영향을 끼칩니다."

"그건 맞아요."

덕분에 머리가 복잡해졌다.

마음 역시, 갈피를 잡지 못한다.

란이 새삼 태양의 마음을 흔들고 있다는 사실만큼은 부정할 수 없었다.

그에 반응하는 현혜의 태도 역시 그랬다.

다만, 이 마음이 무엇인지, 누구를 향하고 있는지 명확하게 단정 짓는 건 쉬운 일이 아니었다.

둘 다, 태양에게 과분한 존재이기에 더욱 그랬다.

"사실, 간단한 정답이 있습니다."

"간단한 정답이요?"

이카르디가 고개를 끄덕였다.

"한국은 일부일처제라고 들었습니다."

"……."

"당연히 난감하실 것입니다. 듣자 하니 이곳 한국은 한 남자가 한 여자를 평생 사랑하는 것을 미덕으로 삼는 문화권이지 않습니까. 그런데 두 명의 여자가 태양 님께 구애를 하고 있고."

"……."

"틀렸습니까?"

이야기가 왜인지 이상한 방향으로 흐르는 느낌이다.

그런데 또 부정하기에는 이카르디의 말이 옳다.

태양이 일단은 고개를 끄덕였다.

"일단은 계속 해 봐요."

"유프라테스 차원도 일부일처제를 지향하였으나, 왕이나 고위 귀족들의 경우는 달랐습니다. 정치적인 상황에 따라 두 명 이상의 처를 두는 경우도 왕왕 있었죠. 첩을 들이는 경우도 있었으나 이건⋯⋯."

"됐고. 요점만."

"제가 기술을 가르쳐 드리겠습니다."

"기술?"

이카르디가 작게 헛기침을 내뱉었다.

"헛흠. 테배의 고위 귀족들 사이에 전해져 내려오는, 여성 두 명을 한 번에 만족시킬 수 있는 궁극의 방중술을⋯⋯."

"아저씨, 그건 좀 선 넘었다."

"크흠."

"아, 씨. 됐어요. 처음 보는 아저씨한테 기대한 내가 잘못이지."

태양이 신경질적으로 뒷머리를 벅벅 긁었다.

❦

란이 삐죽, 입술을 내밀었다.

"원점이네요."

"네?"

"당신이나, 저나."

현혜는 태양과 이카르디의 대화를 듣지 못했다.

하지만, 본능적으로 란이 무슨 말을 하는지 알아들은 눈치였다.

"제가 이길 거예요."

"……."

"태양은, 제가 차지할 거라고요."

현혜가 란을 바라봤다.

"자신 있어요?"

"당연하죠."

"저보다 태양이를 더 잘 아는 사람은 없을 걸요."

"어머. 마침 다행이네요. 무언가를 알아내는 게 제 전문 분야거든요."

"……하하."

두 여인의 눈에 불꽃이 튀었다.

란이 슬쩍 주먹을 거머쥐었다.

'이거면…… 됐어.'

태양은 란을 싫어하지 않는다.

눈앞의 여성, 현혜를 사랑하는 것도 아니다.

오히려 란의 등장에 태양은 흔들리기 시작했다.

그거면 됐다.

"사랑은, 쟁취하는 거거든요."

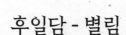

후일담 - 별림

삐비비빅- 삐비비빅-.

머리맡에 둔 스마트폰에서 알림이 울린다.

"흐ㅇㅇ음……."

별림이 몸을 뒤척였다.

분명히 자기 전에 소리를 꺼 두었건만, 그녀의 스마트폰은 집 안이 떠나가라 온몸을 비틀며 진동과 소음을 반복하고 있었다.

법적으로 소리를 줄일 수 없는 게이트 재난 문자다.

"아이, 진짜."

텁.

별림은 눈을 감은 채 스마트폰의 화면을 두드렸다.

얼마나 자주 이런 일이 있었던 것인지, 그녀의 손가락은 확인 버튼을 마술같이 찾아서 눌렀다.

드디어 조용해진 스마트폰.

별림이 만족스러운 얼굴을 다시 베개에 묻었다.

재난 알림 문자 소리에 일어나, 소리를 끄고 다시 잔다.

한국에선 장마철이나 태풍철에 심심치 않게 보던 평범한 일상이다. 하지만 지구의 차원 장막에 틈이 생기고 난 이후로, 이런 일상은 한국에서만 영위할 수 있는 특별한 것이 되었다.

게이트 재난 문자가 울렸다는 건 곧 주변 10km 이내에 게이트가 생성되었다는 뜻. 다른 나라였다면 새벽 3시였더라도 자리에서 벌떡 일어나 대피할 준비를 해야 했다.

고작 6개월.

아직 인류는 게이트와 마나에 익숙해지지 못했다.

혹여 운이 없어 비교적 커다란 부스러기 차원이 당도하기라도 했다면 1만 명 단위의 사상자도 우습게 나는 게 지구의 현실이었다.

물론, 태양이 없는 지구의 현실이 그렇다는 이야기다.

삐비비빅- 삐비비빅-

"아이, 진짜."

다시금 울리는 재난 문자 소리에 별림이 다시금 스마트폰을 들었다.

다만 이번에는 눈을 떠 내용을 확인했다.

—[강남구청] 강남역 3번 출구 소재 게이트 폐쇄. 게이트 처리반 철수 완료. 게이트 생성으로 피해를 본 주민분들은 신분증을 필히 지참하시어 근처 게이트 재난 처리 부처에 문의하시기 바랍니다.

"오빠가 또 고생했네."

윤태양.

하늘을 모르고 치솟는 서울의 집값에 우주 탐사선 수준의 부스터를 달아 준 주 요인.

게이트 처리는 태양에게 식후 커피를 마시는 것만큼이나 쉬운 일이다.

태양에게 고생했다고 문자를 보낸 별림이 다시 베개에 머리를 박으려는 찰나.

우우우웅—.

휴대폰이 다시 울렸다.

"아오. 일어난다, 일어나."

별림이 성질을 부리며 자리에서 일어났다.

010으로 시작하는 번호는 전화번호부에 등록되어 있지 않았지만, 눈에 익었다.

최근 질리도록 본 번호였기 때문이다.

"아니, 안 한다니까요!"

—별림 씨, 한 번만 더 생각해 주세요. 대한민국 국민을 위한 일입니다. 대우도 최상급으로 해 드린다니까요? 제가 이번에 담

당관이랑 쇼부쳤습니다. 별림 씨가 오시기만 하면 연봉 3억 보장. 세후로.

"대우고 3억이고 필요가 없다니까요. 제가 왜 군대를 가요. 미쳤다고!"

세계 모든 국가가 그렇겠지만, 대한민국도 정부 주도하에 게이트 전문 처리 부대를 만드는 데 힘을 쓰고 있었다.

다르게 말하자면 각성자, 능력자를 모으고 있다는 이야기였다.

"요즘 새로 각성하는 사람들도 많다면서요. 그쪽에 물어봐요."

─아니……. 물론 그분들에게도 접촉하고 있습니다. 하지만 아시잖아요. 언제 훈련 마치고 언제 현장에 투입합니까. 실전을 겪어 보지도 않은 사람들을. 게이트 사태는 실시간으로 일어나고 있습니다. 저희는 차원 미궁을 겪어 보신 별림 씨와 같은 인재가 필요합니다.

당연한 이야기지만, 지구에서 뻔히 앉아 있다가 새로 각성하는 사람들보다는 차원 미궁에서 한 번이라도 굴러 본 사람들이 낫다.

별림처럼 고층까지 올라가 본 인물이라면 두말할 것도 없었다. 물론 별림에게는 그것보다 그녀의 오빠 태양과의 연결 고리라는 점에 더 가치가 편중되어 있긴 하겠지만.

휴우, 한숨을 내쉰 별림이 머리를 쓸어 올렸다.

"안 한다고 여러 번 말씀드렸잖아요. 도대체 몇 번을⋯⋯."

—별림 씨.

"돈 많이 주는 건 알겠는데, 그래도 안 해요. 어제도 말하고 그저께도 말하고 했잖아요. 그리고 혹여나 제가 한다고 해도 어차피 오빠 귀에 들어가면 말짱 도루묵이라니까?"

—그 부분 말인데⋯⋯. 저희끼리 내부적으로 이야기를 나눠 봤는데, 태양 씨는 제가 어떻게든 설득을⋯⋯.

"아니, 아저씨. 저번에도 오빠한테⋯⋯. 아오, 진짜. 듣고 있는 내가 바보지."

별림이 듣다 말고 전화를 끊었다.

도와주세요.

안 돼요.

제발요.

하고 싶어도 못한다니까요. 오빠 때문에.

제가 설득해 볼게요. −> 설득 실패.

도와주세요.

도돌이표도 이런 도돌이표가 없다.

사실 이렇게 담당관이 아쉬운 소리를 하는 나라는 전 세계에서 한국이 유일했다. 선진국이고 개발도상국이고 할 것 없이 모든 나라가 능력자의 군 복무를 의무화했기 때문이다.

한국이 예외인 이유는 태양 덕분이었다.

게이트가 나타날 때 일어나는 마나의 파동은 초월자라면 알기 싫어도 느껴질 정도로 컸다.

게이트가 제대로 안착하기도 전에 클리어해 버리니, 강제로 군인을 만드는 비인도적 처사를 할 필요가 없었던 것이다.

한국 정부는 태양이 있으니 군인 육성에 강제될 필요가 없었고, 그것을 한국의 경쟁력으로 만들 방법을 모색했다.

다른 이들이 게이트 대비 전력을 만드는 데 사용할 기회비용을 게이트 내부 자원 활용, 부스러기 차원 생성 패턴 등의 더 돈이 될 법한 기술의 발전에 투자하기로 한 것이다.

물론 그건 표면적인 이유고, 아마 내부적으로는 복잡한 정치 논리가 들어 있겠지.

그거까진 별림의 관심 분야가 아니었다.

전화가 끊어지고, 스마트폰 화면이 나타났다.

D-1.

"오늘인가."

차원 미궁에서 탈출하고, 집으로 돌아온 지 벌써 6개월.

별림 개인의 삶에도 크고 작은 변곡점이 몇 개나 있었다.

요즘 들어 별림이 가장 관심 있게 바라보고 있는 건 오빠, 태양의 연애사였다.

태양과 란, 현혜.

사실 그렇다.

아예 몰랐으면 이야기가 달랐겠지만, 알고 나면 이것보다 재미있을 수 없는 게 바로 남의 연애사 아니던가.

태양은 가족.

현혜는 어렸을 적부터 얼굴을 맞대 온 가족 같은 언니.

란은 같은 전장에서 사선을 넘나든 동료.

아는 만큼 더더욱 관심이 갈 수밖에 없었다.

다만, 누구를 응원하는가 하면 별림은 명백히 중립을 지켰다.

드라마는 드라마로 볼 때 가장 재미있는 법.

특히나 여동생이 연애에 개입하는 드라마는 드라마 중에서
도 막장 드라마다.

그리고 막장 드라마가 현실화되면 그건 그저 파국이다.

여하간, 중립을 지킨 채 보는 태양의 연애사는 확실히 보는
재미가 있었다.

그러니까, 한 3개월 정도까지만.

별림은 깨달았다.

태양은 지금 이 사태를 스스로 해결할 능력이 없다는 것을.

"분명 연애도 해 봤던 인간인데…… 왜 이러지."

삼각관계.

말이 좋아 삼각관계지, 명백히 태양의 어장에 란과 현혜라는
물고기가 걸려 퍼덕대고 있는 그림 아닌가.

시간이 길어질수록, 현혜와 란, 두 사람 모두에게 상처가 생
기고 깊어질 것은 자명했다.

그래서, 별림은 처음의 태도를 바꿀 수밖에 없었다.

별림이 개입하는 게 모양새는 좋지 않겠지만.

그래도.

"끝을 봐야 해."

별림이 스마트폰을 들었다.

란과 현혜.

양쪽에서 온 메시지가 별림의 스마트폰 화면을 가리고 있었다.

별림이 손가락을 미끄러뜨리자, 두 사람의 연락이 지워졌다.

그렇게, 화면에는 D-1이라는 글자만이 남았다.

＊＊＊

6개월이 지나고, 세계에는 많은 변화가 있었다.

지구와 지구 바깥을 포함해서 그랬다.

살로몬의 차원, Endless Express의 영원할 것 같았던 겨울은 이제 끝이 났다.

72개의 조각 차원을 성공적으로 점령하고, 용족이 살 만한 환경으로 테라포밍하는 데 성공한 발락은 새로운 차원 침략을 준비 중이라고 했다.

창천의 운룡은 제 무공을 통해 기어이 초월의 끄트머리에 오르는 데 성공했다.

카인과 파카, 그리고 에덴의 플레이어들도 그들 나름의 방식대로 치열하게 살아가고 있었다.

신컨의
원코인
클리어

그리고 태양도.

"으아, 지친다."

달칵.

문을 열고 들어온 태양이 그대로 소파에 누웠다.

부드러운 솜과 탄력적인 가죽 재질이 태양의 신체를 포근하게 감쌌다.

초월을 하던, 그 이상이건 휴식을 필요한 법이다.

게이트가 나타나기만 하면 덮어 놓고 빽빽 울어 대는 통에 태양은 근래에 통 쉴 시간이 없었다.

누움과 동시에 직전까지 있었던 전투가 파노라마처럼 뇌리를 스쳤다.

전투 이후의 복기.

일이라면 일이지만, 삶이 전투가 되어 버린 태양에겐 당연한 일과로 자리 잡았다. 생각을 거듭하다 보니, 최근에 만난 발락과의 대화까지 생각난다.

"더 강해졌군."

"뭐."

"신기한 일이야. 수많은 초월자를 봐 왔건만, 너만 한 재능이 그만한 집착까지 가지고 있다니."

집착.

그랬다.

태양은 드디어 차원 미궁을 탈출하고 나서도, 지구 곳곳에서 나타나는 게이트를 막아 내고, 발락의 전쟁을 도왔다. 평화를 누릴 만도 하건만, 여전히 태양은 싸움판을 전전하고 있었다.

"나와 같이 차원을 제패하지 않겠나."

"뭐?"

"너는 더 많은 싸움을 원하고, 나 역시 전쟁을 원한다. 우리의 이해관계는 합치하지 않나."

발락의 제안에 태양은 대답하지 못했다.

'왜 그랬을까.'

초월의 경지에 올랐다.

다른 사람을 헤치고도 아무런 대가를 치르지 않을 정도의 무소불위의 무력을 얻었다.

더 강해지지 않아도, 이제는 죽지 않는다.

그런데 왜 목숨을 걸고 전쟁터를 떠돌자는 발락의 제안에 '싫다'고 대답하지 못했을까.

사실, 간단했다.

돈이 많으면 돈이 부족함으로 인한 불행을 예방할 수 있다.

강하면 힘이 없음으로 인한 불행을 예방할 수 있다.

그뿐이다.

그 사실을 너무 잘 체감한 태양은 강해질 기회를 본 순간 천성적으로 거기에 이끌리게 되어 버렸다.

"……."

태양이 손바닥을 들여다보았다.

신전의
원코인
클리어

전투로 인해 박힌 굳은살들이 빽빽했다.

그때, 휴대폰이 울렸다.

여동생, 별림이었다.

"왜."

—오빠. 지금 어디야?

"집."

—밥은?

"먹어야지."

—같이 먹자.

"너는 어딘데?"

—집. 빨리 와. 삼겹살 굽는다.

"어?"

—금방 오잖아.

뚝.

무심하게 끊긴 전화.

너무나 일상적이어서 오히려 벅차다.

"쿵."

뭐랄까.

가슴이 말랑말랑해진다.

태양이 웃었다.

별림의 전화 한 통에, 방금까지 했던 고민이 무의미해졌다.

우습게도.

"아, 참."

태양이 다시금 휴대폰을 들었다.

-왜?

"옆에 누구 있냐?"

-응?

"란이랑 현혜. 누구 있냐고."

-왜?

"……."

쎄 하다.

대답하면 안 될 것 같은 직감이 등골을 타고 흐른다.

-오빠, 나 진짜 궁금해서 그런데. 란 언니야, 현혜 언니야?

"뭐가."

별림의 키득거리는 웃음이 수화기를 타고 넘어왔다.

-에이. 나한테만 슥 말해 봐. 아무한테도 말 안 할게. 응?

"일단 갈게."

차원 미궁을 벗어난 태양의 삶은 꽤 행복한 편이다.

아마도.

《신컨의 원 코인 클리어》마칩니다